Menschen, die vom Regen leben

Für den Boss
und die Chefin

Michael Höpfl

Menschen, die vom Regen leben

*Bibliografische Information der Deutschen National-
bibliothek:
Die Deutsche Nationalbibliothek verzeichnet diese
Publikation in der Deutschen Nationalbibliografie;
detaillierte bibliografische Daten sind im Internet über
http://dnb.dnb.de abrufbar.*

*© 2017 Michael Höpfl
Illustration: Lars Smekal*

*Herstellung und Verlag: BoD – Books on Demand,
Norderstedt*

ISBN: 9783744812887

Inhaltsverzeichnis

Dr. Johann Kränz und die Stadt an der Wolga

Kapitel 1

Die Hände zitterten stark und egal wie sehr er sich auch anstrengte, er konnte nichts dagegen tun. Verzweifelte Menschen verbindet oft ein fragwürdiger Sinn für Humor. Er musste fast lachen, als er seine Hände sah. Ein Chirurg, der zittert. Fast wie der Anfang eines schlechten Witzes. Wie würde dieser Witz wohl weitergehen? Ein Chirurg, der zittert und ein Bankier, der nicht lügen kann und vielleicht ein kubanischer Kommunist? Eine vielversprechende Ausgangssituation.

Vielleicht hätte er Komiker und kein Arzt werden sollen. Dann wäre sein Leben vielleicht anders verlaufen und er müsste jetzt nicht um sein Leben fürchten. Das Lachen war ihm vergangen und missmutig starrte er auf die angebrochene Flasche Single Malt. Es war ein schwacher, billiger Fusel. Doch man durfte nicht zu wählerisch sein. Zumindest nicht, wenn man auf der Flucht war. Mit einem Seufzen stellte er die Flasche auf den Tisch, er hatte schon genug getrunken und brauchte einen einigermaßen klaren Kopf. Im Laufe seines, nennen wir es einmal, ungeraden Lebenslaufes hatte es der Chirurg schon mit so manchem Abschaum zu tun gehabt, er wusste mit diesen Leuten umzugehen. Und diesen Umgang brachte man am besten nüchtern hinter sich, soweit es möglich war. Die alte Pistole seines Vaters, er wusste nicht einmal, ob sie noch funktionierte, lag auf dem Tisch vor ihm unter einer Zeitung verborgen. Daneben das Geld. Er war sehr erleichtert, als es endlich klopfte. Mühsam stand er auf und schleppte sich zur Tür.

Kapitel 2

Der Arzt öffnete die Tür und der Mann trat grußlos ein. »Motels sind nichts für mich. Sie haben immer etwas so Verbrauchtes an sich.«

Der Mann hatte eine weiche, stark mit Akzent gefärbte Stimme. Er kam offensichtlich aus Osteuropa und war von großer Gestalt. Der Arzt bedeutete ihm auf dem einzigen Stuhl im Zimmer Platz zu nehmen und schenkte dem Gast zwei Finger breit von dem Whiskey ein. Nachdem er sich selbst noch aufgefüllt hatte, stießen die beiden Männer an. Der Osteuropäer trank auf einen Zug aus und grinste breit.

»Sie sind höflich und wissen sich zu benehmen. Das ist gut, Dr. ...«, und bei diesen Worten holte er einen in Folie eingeschweißten Pass heraus.

»...Kränz.«

Der Arzt widerstand der Versuchung nach dem Pass zu greifen und blieb betont locker:

»Stimmen alle Daten mit meinen Wünschen überein?«, die Anspannung verschwand fast aus seiner Stimme. Aber nur fast.

»Wollen wir doch einmal schauen!« Die Folie wurde aufgerissen und der Pass glitt heraus. Der Mann begann vorzulesen: »Dr. Johann Kränz. Geboren am 3.9.1952 in Gera. Augenfarbe: Braun. Größe: 1,70 m. Dürfte alles so stimmen Dr. Kränz.«

»Wenn Sie erlauben?«, Dr. Kränz hielt die Hand auf und der Pass wurde an ihn weitergereicht. Tatsächlich! Gustlan hatte eine perfekte Fälschung gefertigt.

Dr. Kränz, an diesen Namen würde er sich erst noch gewöhnen müssen, hatte sich im Vorfeld erkundigt und klar war: Gustlan ist der Beste, zumindest in Zentraleuropa. Bei den Preisen, die er verlangte, war das aber auch das Mindeste.

Der Kurier räusperte sich und Dr. Kränz legte den Pass in die Mitte des Tisches.

»Verzeihen Sie bitte, ich war in Gedanken!«, er griff nach dem Kuvert und holte 7.000€ heraus.

»Das hier ist für die Dienste von Herrn Gustlan, bestellen Sie ihm bitte meine Grüße und meinen Dank.« Er holte weitere 500€ hervor und legte sie dazu.

»Und das ist für Sie und Ihre Diskretion.«

Der Mann nahm das Geld und nickte, ging zur Tür, drehte sich dann aber doch noch einmal um:

»Dr. Kränz, passen Sie auf sich auf. Man hört die seltsamsten Dinge und einige davon sind nicht besonders schön.«

Er blinzelte und war weg. Die Tür fiel laut ins Schloss und Dr. Kränz schielte zur Flasche, verzog aber das Gesicht. Er musste noch telefonieren. Dann konnte er sich einen Schluck genehmigen. Auf den neuen Namen sozusagen.

Kapitel 3

Es tutete keine zweimal, dann wurde der Hörer auch schon abgenommen.

»Plozen am Apparat.«

Der alte Mann klang frisch und munter und nicht so, als hätte man ihn um halb eins in der Nacht angerufen.

»Hallo Frank, Johann Kränz hier. Entschuldige bitte, dass ich dich so spät noch anrufe.«

Ein tiefes Seufzen kam vom anderen Ende der Leitung.

»Dann hast du ihn also bekommen?«

»Ja,« sagte Dr. Kränz. »Gerade eben.«

»Und du denkst, es wird reichen? Hat sich Gustlan wenigstens Mühe gegeben?« Der alte Plozen klang nicht gerade überzeugt.

»Ich komm schon klar, Frank. Ich rufe auch nur an, um mich von dir zu verabschieden.«

»Dann ist das also jetzt das Ende, Richard ... verzeih, ich meine Johann.« Die Stimme des Alten brach für einen kurzen Augenblick, dann fing sie sich wieder.

»Ja das ist das Ende. Kommst du zurecht, Frank?«

»Ich denke, sie werden die nächsten Tage kommen, vielleicht schon morgen. Ja wahrscheinlich schon morgen.«

»Du könntest immer noch abhauen, so wie ich. Frank, ich bitte dich! Noch hast du genügend Zeit!«

»Ich bin 87 Jahre alt, ich geh' nirgends wo mehr hin. Wenn sie mich wollen, sollen sie mich holen, nur schau du, dass du wegkommst.«

Eine Zeit lang sagte keiner der beiden Männer ein Wort, auch wenn sie oft unterschiedlicher Meinung gewesen waren die letzten Jahre. So war dieser Abschied nur schwer zu ertragen.

Schließlich sagte der alte Plozen: »Meine Tochter hätte nicht gewollt, dass dir etwas passiert. Du bist selbst nicht mehr der Jüngste mit deinen 64 Lenzen. Eigentlich zu alt für den Mist.«

»Ja ich weiß, aber ich kann noch nicht sterben, Frank, ich will einfach noch nicht!«

Er hörte sich an wie ein trotziges Kind, das wurde Johann bewusst, doch der Schreck und die Angst saßen ihm in den Knochen, und so war es ihm egal.

»Du warst meiner Tochter immer ein guter Mann, Johann. Dafür danke ich dir. Wir beide haben uns gut geschlagen. Und jetzt lauf und dreh dich erst wieder um, wenn du am anderen Ende der Welt angekommen bist.« Dann legte er einfach auf.

So wie es aussah, würde Johann seinen Schwiegervater nicht mehr wiedersehen.

Er packte seine wenigen Habseligkeiten zusammen und verließ das Motel.

Davor nahm er noch einen tiefen Zug aus der Flasche.

Kapitel 4
Eine Rückblende

Johann und Frank hatten sich schon immer besonders nahe gestanden, ja man möchte sogar sagen, die beiden hatten ein Verhältnis zueinander, das über die familiären Umstände hinausging. Die beiden kannten sich nun seit fast 40 Jahren. Johann, der damals noch Richard hieß, hatte gerade sein Studium beendet und eine steile Karriere zeichnete sich ab. Schon damals hieß es, der junge Herr Murr werde einst zu den besten Chirurgen Europas gehören, so unfassbar sei sein Talent. Er übernahm eine Stelle als Assistenzarzt und sobald es ihm möglich war, machte er seinen Doktortitel. In dieser Zeit lernte er auch die junge Marta Plozen kennen. Sie verliebten sich und schon bald war Nachwuchs unterwegs. Schnell wurde geheiratet. Nicht gerade optimal, aber auch nicht außergewöhnlich. Eine Familie wie sie im Buche steht. Er liebte seine Frau, er liebte seinen Sohn und mit seinem Schwiegervater Frank verstand er sich gut. Und dann kam der „Unfall".

Während eines Standardeingriffes starb einer von Richards Patienten und der Vorfall wurde als „Kunstfehler" gewertet. Richard verlor alles. Seinen Job, sein Vermögen und fast wäre auch das Haus und die Ehe draufgegangen. Doch dann kam Frank Plozen und sagte, er hätte Arbeit. Frank Plozen war ein hoher Diplomat in europäischen Kreisen und er hatte Verbindungen, die in die saubersten und schmutzigsten Familien, Unternehmen und Regierungen reichten. Es war unmöglich in diesem Geschäft zu arbeiten und dabei eine saubere Weste zu behalten. Es war ein Spiel, und Frank Plozen war ein hervorragender Spieler. Ab und zu brauchte einer der Mitspieler die Dienste eines Chirurgen und viele dieser Mitspieler waren düstere Gestalten, die zwar keinen Zugang zu einem normalen Krankenhaus hatten, weil sie weltweit gesucht waren, aber dafür hatten sie einen Haufen Geld.

Frank organisierte alles. Vom Operationsteam über Ort und Zeit bis hin zu Geheimhaltungsmethoden. Richard musste nur operieren. Und das tat er und er tat es verdammt gut, für sehr viel Geld. Nie war es der Familie besser gegangen als in diesen Jahren. Doch irgendwann war der Sohn alt genug, um zu bemerken, wie die Familie Murr ihre Rechnungen bezahlte. Die Mutter hatte es stets akzeptiert, liebte sie doch den Vater und den Ehemann. Außerdem vertraute sie beiden blind, nur der Sohn hatte wenig Verständnis.

Er lief mit 17 weg und kam nie wieder. Fast zerbrach die Mutter daran, auch wenn sie die einzige war, bei der sich der Sohn ein paarmal im Jahr meldete. Als die Mutter schließlich starb, war auch der Sohn vollständig verloren. Richard hatte keinen mehr, außer Schwiegervater Frank. Die beiden machten das Beste aus ihrer Lage. Frank wurde korrupter und machthungriger als je zuvor. Selbst als er aus dem aktiven Diplomatendienst ausschied, spielte er seine Rolle als „Dienstleistungsvermittler" fast wie besessen weiter. Richard operierte, was das Zeug hielt. Er reiste um die ganze Welt, machte überall dort seine Arbeit, wo Frank es von ihm verlangte und verlor jedes Gefühl für den Begriff Zuhause. Dass diese Situation über Jahrzehnte hinweg funktionierte, war ein Wunder. So viele Menschen, die bestochen werden wollten. Vom einfachen Zollbeamten bis hin zum Staatssekretär.

Die oft bösartige Kundschaft mit ihren gefährlichen Patienten und mörderischen Geschäften. Frank war wie ein süchtiger Jongleur, der immer mehr Bälle in der Luft halten musste, doch am Ende war es nicht Frank, der einen Fehler machte, sondern Richard.

Zum zweiten Mal in seiner beruflichen Laufbahn starb ihm ein Patient unter dem Messer weg. Dummerweise war es genau der Falsche. Bei all den Politikern, Mafiosi, Triaden und Kriegsverbrechern, die er behandelt hatte, musste ausgerechnet der 20-jährige Sohn des Ibram Bjtolev sterben und Ibram Bjtolev war wohl die schlimmste Drecksau zwischen Moskau und Berlin.

Kapitel 5

Johann war nicht in der Lage sich ruhig zu verhalten. Eine innere Anspannung trieb ihn nach draußen und so wanderte er die halbe Nacht durch die Stadt, vorbei an Parkanlagen und Alleen. In seinem Kopf herrschte ein einziges Chaos. Er wusste, er musste verschwinden, so schnell und so weit weg wie möglich. Ein Tag war seit der Katastrophe vergangen. Einen Tag hatten diese russischen Gangster der Bjtolev-Familie bereits Zeit gehabt nach seinen Fersen zu schnappen und die Luft wurde immer dünner. Wie hatte es nur so weit kommen können? Die Operation verlief eigentlich gut, keine Komplikationen, keine Schwierigkeiten. Auch der Eingriff an sich hätte keine große Sache darstellen dürfen. Ein Routineeingriff. Doch dann war alles aus dem Ruder gelaufen:

Der Junge hatte plötzlich während der Operation zu zucken begonnen, die Frequenz des Herzens erhöhte sich in den lebensgefährlichen Bereich und die Messwerte stiegen unfassbar an. Der Leibwächter des Jungen reagierte sofort und rannte zu dem Operationstisch. Mit starkem russischem Akzent herrschte er Johann an:

»Was passiert Doktor? Machen Sie etwas!«

Johann sah auf die Instrumente und dann auf den Jungen. Er wusste, er hatte nur eine Chance. Der Junge war so gut wie tot. Er musste schnell sein, schneller als der Leibwächter.

Der Leibwächter war so auf den Jungen fixiert, dass er das Skalpell zu spät sah.

Mit einem sauberen Streich schlitzte es ihm die Kehle auf und er ging in die Knie. Das Blut spritzte nach allen Seiten, doch der Verletzte war noch nicht am Ende. Mit der einen Hand wollte er nach seiner Pistole greifen, während er mit der anderen seinen geschlitzten Hals umklammerte.

Johann reagierte für sein Alter erstaunlich flink und rammte das Skalpell mit einem Seitwärtsschlag in die Backe des Leibwächters. Die Spitze der feinen Klinge zerbrach an den Zähnen, doch er holte nochmals aus und schlug mit aller Wucht gegen das hintere Ende des Skalpells, das noch immer halb in der Backe des Mannes steckte. Der harte Schlag trieb das Skalpell in die seitliche Zahnreihe und brach durch die Zähne, zerfetzte die Zunge in der Mundhöhle, brach durch die Zahnreihe auf der anderen Seite und blieb fest stecken. Der Russe erbrach Blut und Zahnsplitter, verdrehte die Augen und kippte um. Die zwei schreienden Operationshelferinnen holten Johann wieder in die Realität zurück. Die ganze Sache konnte nicht länger als zehn Sekunden gedauert haben. Der Junge war mittlerweile tot und sein Beschützer röchelte in den letzten Zügen.

Er begriff, dass er unter Schock stand und versuchte sich zusammenzureißen. Er rannte an den hysterisch schreienden Frauen vorbei, hinaus aus dem Raum, die Treppe hinauf. Er stieß die schwere Kellerluke auf und befand sich im Freien. Das kleine Anwesen im Wald war gut zwei Stunden von München entfernt. Er rannte zu seinem Wagen und raste los.

Kapitel 6

Ohne es zu bemerken hatte er auf einer Parkbank Platz genommen. Der Bjtolev-Clan war nicht zu unterschätzen. Im Gegensatz zu den anderen Banden des organisierten Verbrechens, wie zum Beispiel der Ismailowskaja in St. Petersburg oder der Solntsewskaja in Moskau war der Bjtolev-Clan eher klein und familiär gehalten, um nicht zu sagen exklusiv. Ließ man aber dieses ganze romantische Gangstergehabe beiseite, blieb eine streng religiöse, kriminelle Familie, wobei religiös gleichzusetzen war mit dem biblischen Ansatz: „Auge um Auge, Zahn um Zahn."

Allmählich kam Johann zur Ruhe und die ersten fruchtbaren Gedanken, seit einer gefühlten Ewigkeit, machten sich bemerkbar. Es machte keinen Sinn sich Illusionen hinzugeben. Der Clan würde Frank finden, wenn er es nicht schon getan hatte. Sie würden den alten Mann brechen und töten. Und was Frank über die Pläne seines Schwiegersohnes wusste, würde er ihnen sagen.

Frank wusste zwar nicht, wo Johann hinwollte, aber er kannte alle Daten des gefälschten Passes. Johann verfluchte diesen Umstand, aber nur Frank war mit seinen beträchtlichen Kontakten in der Lage gewesen praktisch über Nacht einen so hochkarätigen Fälscher wie Gustlan aufzutreiben. Ohne den alten Diplomaten wäre es nicht gegangen, was seine Chancen drastisch verringerte. Andererseits hätte er ohne den Alten gar keine Chance bekommen.

Er ging die verbliebenen Optionen durch. In Deutschland zu bleiben war so gut wie unmöglich. Der Clan hatte zu gute Kontakte und den Behörden konnte er sich nicht stellen. Im Gefängnis würde er keine Nacht überleben. Er musste raus aus Deutschland, am besten per Flugzeug, das wäre am schnellsten und am sichersten für ihn. Doch er musste noch diesen Tag abfliegen, sonst wäre das Risiko zu hoch bereits am Terminal den Häschern der Bjtolev-Familie in die Hände zu fallen. Das schränkte seine Möglichkeiten ein, doch der Münchner Flughafen war schnell erreichbar und um Geld musste er sich vorerst keine Sorgen machen.

Aufgrund seines zwielichtigen Berufes verfügte Johann über eine Vielzahl verschiedener Kreditkarten und Konten, die weder auf Richard Murr noch Johann Kränz liefen. Auch waren diese Konten schwer zu überprüfen und so war die finanzielle Lage fürs Erste gesichert.

Noch wusste er nicht wohin, also beschloss er zunächst ein Internetcafé aufzusuchen.

Kapitel 7

Das Internetcafé lag in einem schlechteren Münchner Viertel und zu der frühen Stunde hatte er den PC-Bereich fast für sich alleine. Der dickliche Besitzer hatte ihn wortlos an einen Platz geführt und ihm noch einen Kaffee gebracht. Er besuchte den Internetauftritt des Münchner Flughafens und untersuchte die Last-Minute-Angebote für diesen Tag. Eine Liste mit rund fünfzehn verschiedenen Zielen wurde ausgegeben doch die ersten fünf fielen schon aufgrund der Abflugzeit weg. Sie waren für ihn nicht mehr zu erreichen.

Er hatte die Auswahl zwischen Dublin, Vancouver, Madrid, Oslo, Berlin, Hamburg und anderen Städten. Entweder waren die Städte zu groß und damit zu gefährlich oder aber sie lagen im deutschsprachigen Raum und waren damit von Anfang an uninteressant. Dort würden sie ihn wohl am ehesten vermuten.

Beim letzten Namen blieb er hängen und erst nach ein paar Sekunden begriff er:

Wolgograd!

Natürlich, das war perfekt. Die Russen würden ihn als letztes in Russland vermuten. Warum hatte er nicht eher daran gedacht? Zum Beispiel als er die alte Pistole seines Vaters mitgenommen hatte. Sein Vater war auch schon in dieser Stadt gewesen. Nur hatte sie damals noch einen anderen Namen getragen:

Stalingrad.

Was Johann über seinen Vater wusste war alles andere als positiv. Vor dem Krieg musste er ein herrischer, brutaler Mann gewesen sein. Doch der Krieg hatte ihn verändert. Diese Stadt hatte ihn verändert. So grausam es klingt, dachte Johann, wenn es diese Stadt geschafft hat aus meinem Vater einen anderen Menschen zu machen, dann schafft sie es vielleicht auch mir ein neues Leben zu geben.

Kapitel 8

Stalingrad damals

Richards Vater war in der Zeit des Nationalsozialismus Polizist gewesen. Das einzige, was er mehr liebte als Juden und Kommunisten zu hassen, war es sie zu jagen. Ein jeder hatte Angst vor diesem großen, hünenhaften Mann, der immer freundlich und charmant war, solange man nichts Falsches sagte.

In den Augen eines fanatischen Nationalsozialisten sagte man in der Regel recht schnell etwas Falsches.

Den Krieg sollte die Wehrmacht führen, das waren seine Worte. Er blieb in der Heimat, um die Feinde im Inneren zu jagen und zu zerbrechen. Doch dann kam der 22. Juni 1941.

Das Dritte Reich griff die Sowjetunion an. Ein paar Wochen später war Johanns Vater an der Front.

Der Russlandfeldzug war für ihn mehr als nur Pflicht.

Es war seine persönliche Leidenschaft, die ihn gegen die „roten Horden" kämpfen ließ.

Und er kämpfte.

Er wurde der 6. Armee zugeteilt, jenem verlorenen, unglückseligen Haufen, von dem Hitler einst schwärmte: »Mit der 6. Armee kann ich den Himmel stürmen!« Am 23. August 1943 stand sie vor Stalingrad.

Ende Oktober hatten die deutschen Soldaten fast neunzig Prozent der Stadt eingenommen.

Am 19. Jahrestag der Machtergreifung, dem 08. November 1942, verkündete Hitler persönlich im Kreise seiner Vertrauten, die Stadt sei eingenommen.

Der Kommandeur der 6. Armee, General Paulus, war da kritischer. Der Widerstand der Roten Armee war in Wirklichkeit immens.

Das Massensterben begann am 19. November 1942. General Paulus meldete am 22. November:

»Armee eingeschlossen!«

Die Verstärkung der Roten Armee hatte die nördlichen und südlichen Flanken durchbrochen und Stalingrad eingekesselt.

220.000 Wehrmachtsoldaten waren eingeschlossen.

6.000 würden überleben und nach Deutschland zurückkommen, viele erst mehrere Jahre nach Kriegsende.

Der alte Murr wurde den „Kettenhunden" zugeteilt. Eine Art Militärpolizei, die innerhalb der belagerten Stadt für Disziplin zu sorgen hatte. Oft hörte man Sprüche wie: »Die Kettenhunde sind sogar noch schlimmer als die verdammte Waffen-SS«.

Herman Göring, Oberbefehlshaber der Luftwaffe, versprach die belagerte Stadt durch die Luft zu versorgen. Was alleine logistisch schon unmöglich war.

Die Luftbrücke war die einzige Chance aus dem Kessel zu entkommen und daher hatten die Kettenhunde die Aufgabe den letzten Flughafen in Stalingrad zu sichern. Nicht gegen die Rote Armee, sondern gegen die eigenen verzweifelten, ausgehungerten, durchfrorenen Soldaten.

Ein Gerücht besagte, die Kettenhunde hätten in den letzten Tagen mehr verwundete deutsche Landser getötet als Hunger, Frost und Feind zusammen.

General Paulus wollte mit seiner Armee aus dem Kessel ausbrechen, doch Hitler untersagte den Fluchtversuch. Am 2. Februar 1943 kapitulierte Paulus und übergab die Stadt an die Sowjets.

Hitler tobte: »Der Mann hat sich totzuschießen!«

Das war der Anfang vom Ende. Hitler hatte seine erste große Schlacht verloren, von da an ging es bergab mit Hitler, seinem Reich und seinem Krieg. Der ehemalige Polizist wurde gefangen genommen und in ein russisches Arbeitslager, auch Gulag genannt, gesteckt. Einer von 90.000 Soldaten, die der Hölle von Stalingrad entgangen waren, nur um die Hölle der Kriegsgefangenschaft zu erleiden.

84.000 starben auf dem Weg in die Gulags oder durch die barbarischen Umstände in den Lagern.

Der alte Murr kam 1951 nach Hause, sechs Jahre nach Kriegsende. Der Krieg hatte seine Einstellung, sein Wesen zuerst verhöhnt und dann zerbrochen. Die Gefangenschaft hatte aus dem Haufen Nichts, das dieser Mann zu dem Zeitpunkt war, einen neuen Menschen geformt.

Einen ängstlichen, scheuen, gebeugten Mann, der nie wieder etwas Böses sagte oder tat, der einfach dankbar war, überlebt zu haben. Der zurückblickte und nicht verstand, wie er jemals in der Lage gewesen war, einen Menschen zu töten.

Er hatte viele getötet, er konnte sie nicht zählen und nicht vergessen.

Drei Jahre nach seiner Rückkehr kam Richard zur Welt. Nach weiteren 16 Jahren starb der Vater. Richard hatte ihn als den liebevollsten und traurigsten Menschen zugleich kennengelernt. Auch wenn der alte Murr nie über den Krieg und seine Vergangenheit sprach, war doch stets ein Gefühl des Verlustes und des Grauens zusammen mit ihm im Raum.

Manchmal hörte Richard Gerüchte über seinen Vater, über seinen Vater und sein Leben vor dem Krieg. Er konnte die Gerüchte nicht glauben, weigerte sich auch heute noch sie zu glauben, auch wenn er wusste, dass sie wohl stimmten.

Diese Stadt, die mehr Granatenexplosionen als Geburten erlebt hatte, war etwas Besonderes, für Russen, Deutsche, seinen Vater und vielleicht auch für ihn.

Kapitel 9

Der Flug von München nach Wolgograd hatte zwölf Stunden mit einem Zwischenstopp in Moskau gedauert. Wobei der einstündige Aufenthalt am Moskauer Flughafen der gefährlichste Moment der Reise war. Ständig hatte Johann damit gerechnet von harten, düsteren Gestalten angesprochen und verschleppt zu werden. Die zwölf Stunden Flugzeit und die Wartezeit in München hatte seinen Verfolgern viel Zeit geschenkt. Frank war mittlerweile bestimmt tot, daran gab es keinen Zweifel. Der Flug war in München um 22:00 Uhr Abends gestartet und so war er um 14:00 Uhr mittags russischer Zeit in Wolgograd angekommen.

Der Gumrak Airport Wolgograd war derselbe Flughafen, an dem sein Vater vor 70 Jahren deutsche Fahnenflüchtige erschossen hatte.

Es war ein merkwürdiges Gefühl hier zu sein und doch war es auch irgendwie befreiend. Er war ohne Gepäck geflogen, auch die alte Pistole hatte er zurücklassen müssen. Deshalb beschloss er zuerst einkaufen zu gehen.

Johann verließ den Flughafen und stieg in die „Skorostnoy Tramvay", die Wolgograder Straßenbahn, ein.

Als er in einer belebten Einkaufsmeile ausstieg, stellte er sich vor, wie es wohl damals ausgesehen hatte.

1961 wurde Stalingrad in Wolgograd umbenannt, da immer mehr Gräueltaten und Verbrechen des Josef Wissarionowitsch Dschughagschwili (genannt Stalin) publik wurden. Der urtümliche Stadtkern war im Weltkrieg total zerstört worden und so würde er hier keine Ähnlichkeiten mit dem Stalingrad seines Vaters finden.

Einzig die Wolga floss genau so beständig wie damals.

Mit seinem passablen Englisch kam Johann erstaunlich gut zurecht, vor allem, da die junge russische Generation die westliche Sprache viel besser beherrschte, als er vermutet hatte. Auch konnte sich Johann mit etwas Russisch behelfen. Man flog nicht mehrere Jahrzehnte um die ganze Welt ohne ein paar Dinge zu lernen.

Er kaufte einen Stadtplan auf Englisch, ein paar Klamotten und Hygieneartikel und dann kam der schwierige Teil.

Er brauchte eine Waffe.

Nach dem Zusammenbruch der Sowjetunion war Russland in Waffen förmlich ertrunken. Jeder Lagerist schien einen eigenen privaten Vorrat an ausgemusterten Ak-47 und Makarow-Pistolen angelegt zu haben. Kaum dass die UdSSR nicht mehr existierte, brach der gesamte Markt für Schnell- und Handfeuerwaffen zusammen. Das Überangebot ließ die Preise fallen und zeitweise gab es eine Kalaschnikow samt Munition für 50$. Diese Zeiten waren nun zwar schon lange wieder vorbei, doch sollte es hier in Russland leichter als in jedem westlichen Land sein an Waffen heranzukommen. Zumindest wenn man die richtigen Leute kannte.

Johann kannte diese Leute zwar nicht, aber er wusste, wo man sie finden konnte.

Mit der Straßenbahn fuhr Johann bis zu dem Punkt, an dem die „Zariza", der Fluss der Zarin, in die Wolga floss.

Bevor die Stadt Stalingrad hieß war ihr Name „Zariza", doch wurde dieser Name nach der roten Revolution aus der Geschichte des Landes getilgt.

Ein paar Meter neben dem steinernen Kai lag die schäbige Eckkneipe „Zum jungen Zaizew".

Es war eine ziemliche Ironie, einen als Kneipe getarnten Waffenumschlagsplatz nach einem der größten Scharfschützen des Zweiten Weltkriegs zu benennen. Wassili Zaizew, ein junger Schäfer aus dem Ural, hatte allein mehr als 50 deutsche Offiziere in Stalingrad erschossen und dafür mehrerer Male den Orden „Held der Sowjetunion" erhalten.

Johann musste still in sich hineingrinsen, als er den Namen des Schuppens las und trat ein.

Innen war es düster und verraucht, ein paar alte Männer saßen bei grünem Tee zusammen und kauten Zucker. Die Bar war frei und der Wirt, ein kleiner glatzköpfiger Mann, nickte Johann zur Begrüßung leicht zu.

»How can I help you?«

Der Mann sprach leise aber in gut verständlichem Englisch.

»Maybe you want Vodka or tee?«

Johann schüttelte den Kopf und lächelte sanft.

»Sorry, but I think I need something with more power.«

Der Russe machte keine Anstalten irgendwie auf das Gesprochene zu reagieren. Er blickte nur fest in Johanns Augen. Der Deutsche seufzte und holte seine

Brieftasche hervor. Langsam zog er einen lilafarbenen, großen Schein hervor und der Russe lächelte schwach, aber begehrlich.

»I think it would be better to talk in a separated room.«

Der Russe nickte knapp und führte Johann in den hinteren Bereich.

Fünf Minuten später war Johann 800€, ein gängiges Zahlungsmittel in der Moskauer Unterwelt, los und hatte dafür einen Trommelrevolver samt Munition erworben.

Mit der Straßenbahn ging es zurück in den Stadtkern, in einer Touristeninformation ließ er sich die Adresse eines kleinen, unscheinbaren Motels geben und ehe er sich versah, hatte er ein Zimmer genommen und lag vollbekleidet auf dem billigen Bett. Eine unglaubliche Müdigkeit überrumpelte ihn und er schlief ein.

Johann erwachte am nächsten Morgen. Zuerst fand er sich nur sehr schwer zurecht, wo er war und warum. Als es ihm wieder in den Sinn kam, verdüsterten sich seine Gedanken. Eigentlich hätte er froh sein können. Er war der Mafia entkommen und hatte die dringend notwendige Verschnaufpause erhalten, nach der sein Körper und sein Geist so geschrien hatten.

Doch zum ersten Mal seit der Operation musste er an den Jungen denken, der auf seinem Tisch gestorben war. 20 Jahre alt und schon verdorben bis ins Mark. Klar, der Junge hatte gar keine Wahl gehabt. Wenn man in solchen Strukturen groß wurde, starb entweder die Unschuld oder man selbst. Egal was der Junge schon getan hatte oder noch getan hätte, Johann bedauerte den Tod des Burschen. Er war viel zu jung gestorben und irgendwie fühlte er sich verantwortlich dafür.

Der Schock war nicht seine Schuld gewesen, weiß der Teufel, woran der Junge krepierte, aber vielleicht hätte er noch etwas für ihn tun können, wenn er nicht sofort auf den Leibwächter losgegangen wäre.

Mit einem Stöhnen wischte er den unliebsamen Gedanken beiseite. Der Junge wäre so oder so gestorben, egal was er auch gemacht hätte. Ihn traf keine Schuld.

Kapitel 11

Schuld und Leben

Johann blickte an der 30 Meter hohen Frauengestalt aus Beton empor. Die Frau hielt ein Schwert in den Himmel gestreckt und machte eine auffordernde Geste, gerade so als wolle sie rufen: »Auf ihr treuen Genossen, tretet die Faschisten in den Dreck!«

Der Mamajew-Hügel ist eines der größten und höchsten Kriegsdenkmäler auf der ganzen Welt. Das Besondere an diesem Denkmal ist, dass es nicht grundsätzlich für den Zweiten Weltkrieg sondern nur für die Schlacht um Stalingrad errichtet wurde.

Aufgrund des schlechten Wetters war niemand hier außer ihm und ein paar einzelnen Fußgängern. Langsam ging er in das Denkmal hinein, eine große unterirdische Halle, in deren Mitte eine Hand samt Fackel aus dem Boden wuchs. Zehntausende Soldaten beider Seiten wurden hier beigesetzt.

Johann stand lange vor der Fackel und plötzlich fing er an zu lachen. Er begriff, warum er nach Wolgograd gekommen war und er begriff, was er zu tun hatte. In seinem Schock hatte er sich an die Idee geklammert davonrennen zu können und ein neues Leben aufzu-bauen. Lächerlich!

Sie würden ihn immer erwischen, vielleicht erst in zehn Jahren, vielleicht schon morgen, es gab kein Entrinnen. Man tötet nicht den Sohn eines Mafiapaten und kommt damit durch.

Und welches Leben überhaupt? Er war über 60 Jahre alt, seine Frau war tot, sein Sohn verachtete ihn und er hatte sein Leben damit vergeudet die schlimmsten und gefährlichsten Menschen dieser Welt am Leben zu erhalten.

Auf seine eigene Weise war er nicht besser als sein Vater. Diese Gedanken kamen mit der Kraft einer Dampflock und fegten über ihn hinweg. Er fiel auf die Knie und fing an zu weinen. Dicke, schwere Tränen liefen ihm die Wangen hinab.

Diese Stadt hatte seinen Vater verwandelt und auch ihn würde sie verwandeln.

Er war gefallen und genau an dieser Stelle würde er aufsteigen. Er würde nicht mehr morden, um zu leben und er würde es keinen Mördern mehr ermöglichen weiterzuleben.

Und dann die Idee mit der gefälschten Identität!

War er so tief gesunken das eigene Spiegelbild mit fremdem Namen anzusprechen?

Dr. Johann Kränz zog den Revolver -

doch Dr. Richard Murr drückte ab.

Anmerkung:

Alle Fakten zur Schlacht um Stalingrad entsprechen den Tatsachen.

Die Bjtolev-Familie ist frei erfunden.

Die Ismailowskaja und die Solntsewskaja sind die größten Familien des organisierten Verbrechens in Russland.

Wolgograd hat heute 1 Mio. Einwohner.

Zahlen Herbst 1942 bis Februar 1943

Wehrmacht:		Russland:	
Gefallen:	336.000	Gefallen:	500.000
Verwundet:	1,23 Mio.	Verwundet:	630.000
Vermisst:	76.000	Vermisst:	k. A.

Danke im Namen der Gesellschaft

Kapitel 1

Sie schläft und er ist wach. Etwas stört ihn, aber er kann nicht genau sagen, was es ist. Ja, vielleicht wurmt es ihn, dass sie anscheinend so mühelos Schlaf findet, während er auch noch nach Stunden nicht zur Ruhe kommt. Nein, das ist es nicht, er genießt es sogar ihr beim Schlafen zuzusehen. Jede Regung in sich aufzunehmen, die winzige Vibration der Unterlippe zu verfolgen, die sich alle paar Atemzüge zeigt. Sie hat einen ruhigen Schlaf, nur einmal, ein einziges Mal hat sie kurz, ganz leicht gezuckt, während ihr ein misstönendes, leises Brummen von den Lippen kam. Er wüsste zu gerne, wovon der Traum gehandelt hat, der dieses Zucken zu Wege brachte.

Ihr Schlaf kann es also nicht sein, doch was ist es dann, das dieses unwohle Bauchgefühl in ihm hervorruft?

Er blickt langsam an sich herab und bemerkt, dass er immer noch vollkommen nackt ist, während sie ein Höschen und ein langes hässliches T-Shirt trägt. Ist ihm kalt? Nein! Stört ihn ihr grauenhaftes Oberteil? Gott nein, fast hätte er lachen müssen. Er bemerkt eine sanfte Bewegung über dem Kopf des Mädchens, nur um zu erkennen, dass es sich dabei um seinen eigenen Arm handelt. Sie hat ihren Kopf nicht auf seine Brust, wohl aber auf seinen linken Arm gelegt. Ganz automatisch hatte der linke Arm angefangen den Kopf des Mädchens sanft zu streicheln, während er langsam taub wurde und einschlief. Er hat gar nicht realisiert, dass er weiterhin den Kopf des Mädchens streichelt. Stört ihn, dass sein Arm eingeschlafen ist? Es ist nicht angenehm, aber bis eben hat er es ja nicht einmal bemerkt. Was ist es nur, das ihn so umtreibt, ihn keine Ruhe finden lässt? Und dann ganz allmählich wird es ihm klar. Bleich und fahrig zieht er den Arm unter dem Kopf des Mädchens hervor, dieses gibt einen Laut tiefster Empörung von sich, dreht sich aber einfach nur um und schläft weiter, nicht ohne noch etwas wie „Bezahlung" zu murmeln. Mit zitternden Händen greift er nach seiner Hose, zieht 200€ hervor und legt sie auf den Nachttisch. Halb angezogen verlässt er die kleine Einzimmerwohnung. Auf dem Klingelschild steht in geschwungenen Lettern der Name Tatjana geschrieben, gleich neben einem kleinen gemalten Herz. Er ist viel zu lange hier gewesen, wie hat er nur so dumm sein können? Ein schlechtes Bauchgefühl? Pah! Er hatte gestern Abend einen Menschen, besser gesagt seinen Menschen umgebracht und anstatt es erfolgreich zu verdrängen, wie er es sich vorgenommen hatte, ist ihm nur ein schlechtes Bauchgefühl geblieben. Was für eine Scheiße.

Kapitel 2

Ziellos, erdrückt geht er durch den Park. Er weiß nicht, was er jetzt machen soll. Werden sie ihn finden? Einsperren? Verhören? Erschießen? Nein. Erschießen wohl nicht. Das ist in Deutschland, seines Wissens nach, schon seit einer ganzen Weile nicht mehr in Mode. Nur ab und zu trifft es mal einen jungen, verwirrten Menschen, der von der Polizei dann eben doch erschossen wird. Aus Versehen versteht sich. Nun ja, jung und verwirrt wie er ist, würden sie ihn vielleicht auch erschießen. Es ist noch früh am Morgen und nur wenige Menschen sind an diesem kalten Samstag unterwegs und doch sind es eindeutig immer noch zu viele für seinen Geschmack. Können sie nicht einfach weggehen? Verschwinden und ihn in Ruhe leiden lassen? Ja genau, er hat beschlossen zu leiden. Wenn es schon nicht möglich ist, diese Tat, diesen Tod zu verdrängen, so kann er ihn zumindest als Stachel in seinem Fleisch mit sich herumtragen. Er kann leiden und leiden und leiden, so lange, bis nichts mehr von ihm übrig ist. Genau so wie sie gelitten hat, bis nichts mehr von ihr übrig war.

»Ich grüße Sie, Herr Grunik.« Erschrocken dreht er sich um und blickt in das absolut durchschnittliche Gesicht eines Durschnittbürgers. Seine Kleidung ist unauffällig, ein schlichter, schwarzer Mantel ohne viel Eleganz, aber dafür bestimmt mit viel Kinderarbeit angefertigt. Sein Gesicht ist vielleicht etwas breiter, aber Nase, Kinn und Augen lassen jeden möglichen, markanten Gesichtszug vermissen. Die Haare sind sorgfältig frisiert, aber ohne jede Leidenschaft liegen sie nur mehr oder weniger auf der Kopfhaut herum. Er weiß nicht, was er tun soll. Ist das das Ende? Ist das ein Polizist? Wird er ihn jetzt mitnehmen? Sein zweiter Gedanke gilt einer filmreifen Flucht zu Fuß, bei der er den anderen abschütteln kann. Doch wie in jedem Film ist der Mann bestimmt nicht alleine und mindestens drei baumgroße Sicherheitskräfte, mit Händen wie Rohrzangen werden sich sofort auf ihn stürzen, sollte er zu fliehen versuchen. Und dann wird er vielleicht doch noch erschossen. Aus Versehen.

»Herr Grunik, ich denke, wir sollten uns setzen.«

So deutet der Mann auf eine alte Parkbank, bei der langsam der Lack abblättert.

Herr Grunik setzt sich auf die Bank, seine Gedanken gleichen nur noch dem Rauschen der Wellen oder besser wie dem Lärm einer Autobahn. Herr Grunik weiß nicht, wie sich das Rauschen der Wellen anhört. Er hat das Meer noch nie gesehen. Ja natürlich will er es einmal mit eigenen Augen erblicken, wollte es immer mit IHR sehen. Aber sie ist tot und er ist ihr Mörder. Das Rauschen wird schwächer und er sieht, dass der Mann ihn aufmerksam mustert.

»Ich weiß, was Sie getan haben, Herr Grunik.« Sogar die Stimme dieses Durchschnittlichen klingt ungewöhnlich gewöhnlich.«

»Woher wissen Sie, wie ich heiße?«, kaum dass er die Gegenfrage stellte, verzieht er das Gesicht. Ist ihm keine bessere Frage eingefallen? Was für ein lausiger Anfang als zukünftiger Zellenbewohner. Das Gesicht des Mannes ist ausdruckslos.

»Alles, was wir wissen müssen, wissen wir auch.«

»Und wer sind Sie? Sind Sie von der Polizei?«

O. k. diese zweite Frage ist besser, vielleicht wird der neue Karrierestart doch nicht so grottig wie vermutet.

»Nein, Herr Grunik, ich bin nicht von der Polizei, ich bin von *der Gesellschaft*. Ich rede hier nicht von einer

Firma, sondern in der Tat von der Gesellschaft. Im Vergleich zu der Polizei habe ich eine inoffizielle Funktion, gleichzeitig sind meine Kollegen und ich in vielen Bereichen flexibler und ungebundener. Konkret heißt das für Sie, Herr Grunik: keine Anklage, kein Anwalt, kein Richter und bestimmt keine Berufung samt Bewährung. Nein, Herr Grunik, es gibt nur Sie und mich und das tote Mädchen.«

Was für ein verdammter Film läuft denn hier ab? Bisher war er wie unter Wasser gedrückt, verwirrt und wie beschädigt. Doch das hier ist zu viel. Er spürt, wie sich seine Verwirrung in Wut verwandelt.

»Sind Sie von Sinnen, Mann? Welcher Penner hat Ihnen bitte schön ins Gehirn geschissen? Von welchem Mädchen sprechen Sie? Ach vergessen Sie's. Wenn Sie kein Bulle sind, sehe ich keinen Grund, warum wir uns noch weiter unterhalten sollten!«

Er steht auf und will sich abwenden, doch schon trifft ihn eine Faust mit spektakulärer Wucht in die rechte Nierengegend. Schnaubend knickt er ein, doch eine starke Hand packt ihn sanft an der Schulter und dirigiert ihn auf die Parkbank zurück.

»Das hätten Sie nicht tun sollen, Herr Grunik, denn nun bin ich etwas *gereizt*. Ich spreche von Martina Lückner, 23 Jahre alt, die Ihre verstorbene Freundin ist. Sie, Anton Grunik, waren mit Frau Lückner seit über vier Jahren ein Paar. Frau Lückner erlitt vor vier Monaten einen epileptischen Anfall während eines Badeausfluges.

Seither war sie im Herz-Jesu-Krankenhaus untergebracht. Als Wachkomapatientin ohne Chance auf Regeneration. Zumindest so lange, bis Sie, Herr Grunik, sie vorgestern umgebracht haben. Und der einzige Grund, warum Sie noch nicht verhaftet wurden, ist der, dass die Gesellschaft bisher jede exekutive Gewaltanwendung verhindert hat.«

Anton sitzt wie vom Donner gerührt auf der Parkbank, das Autobahnrauschen wird wieder lauter und Bilder blitzen in seinem Kopf auf, doch es sind weniger Bilder als vielmehr Gerüche. Der Geruch eines kleinen Badeweihers im Sommer. Der Geruch von panischen Schreien und dann nichts mehr. Bis es nur noch nach der klinischen, künstlichen Sterilität eines Krankenhauses riecht. Das Desinfektionsmittel schafft es aber nicht den Geruch kranker, sterbender Menschen zu überdecken.

»Wer sind Sie wirklich und was wollen Sie von mir?«

Kaum mehr wie ein Flüstern sinkt diese Frage zwischen den beiden Männern zu Boden.

»Menschen fallen, Herr Grunik, und Sie sind gefallen. Ich, die Gesellschaft, wir richten Menschen wieder auf, die gefallen sind und so ist es nicht die wichtigste Frage was ich, was wir von Ihnen wollen, sondern vielmehr was Sie für sich selbst wollen. Ich bin nur hier, um sicherzustellen, dass alles getan wird, was getan werden muss.«

Was hat das alles zu bedeuten? Anton schüttelt den Kopf, massiert sich die Schläfen mit Zeige- und Mittelfinger.

»Und was muss getan werden?«

Ein weiterer direkter Blick in das Gesicht des Unbekannten.

»Das werden Sie noch früh genug erfahren, Herr Grunik.«

Mit diesen Worten holte er ein Handy aus der Tasche und reicht es Anton.

»Ich melde mich und Sie hören zu. Sie rufen nie und damit meine ich wirklich nie an. Sollten Sie sich allen Anweisungen beugen, sind Sie bald ein freier Mann. Frei vor dem Gesetz, frei vor der Gesellschaft und vor allem frei von Schuldgefühlen. Sollten Sie sich sträuben, nimmt sich die Polizei Ihrer an, was mindestens fünf bis sieben Jahre Gefängnis bedeutet, ohne Bewährung.«

Der Mann steht auf und nickt Anton freundlich zu.

»Einen Moment noch, wie heißen Sie? Wie soll ich Sie nennen?«

Ein kleines Lächeln blitzt auf im Gesicht des Mannes.

»Nennen Sie mich den *Pflichtverteidiger*.«

Damit ging er weg, fast sah es so aus, als würde er ein Liedchen pfeifen.

Kapitel 3

Zwei Tage ohne Anruf. Zwei Tage ohne Sinn. Er sitzt in seiner schäbigen Zweizimmerwohnung und macht nichts. Er sitzt nur da und wartet. Ab und zu zündet er sich eine Zigarette an und geht damit durch die Wohnung. Er raucht nicht, hat nie geraucht, doch Martina hatte geraucht, an einigen Tagen sogar eine ganze Schachtel, vor allem wenn sie getrunken hatte. Er will, dass es nach ihr riecht und deshalb raucht er. Er nimmt das alte T-Shirt, das ihm noch von ihr geblieben ist und bläst den Rauch direkt auf das ausgebleichte Kleidungsstück, dann presst er sich das Shirt grob auf das Gesicht. Gerade so, als ob er sich selbst damit ersticken wolle. Er inhaliert den Tabakgeruch genau so, wie er zuvor den Rauch inhaliert hat. Es riecht schrecklich, es schmeckt schrecklich. Es riecht nach ihr und er will nie wieder aufhören, einfach weiterleben mit diesem alten, angerauchten Shirt vor Nase und Mund. Für immer.

Kapitel 4

Zwei weitere Tage sitzt er in dem kleinen Wohnzimmer. Er hat angefangen sich unkontrolliert und lustlos zu betrinken. Das Ergebnis: Kopfweh, flauer Magen und ein Brand. Es hat zwar keinen Spaß gemacht, aber es war eine gute Ablenkung. Zumindest bis die Schuldgefühle mit geballter Macht die Türe zu seinem Kopf eingetreten haben. Von da an hatte er nur noch geweint. Soviel zum Verdrängen. Das Telefon klingelt und wie in Trance nimmt er ab.

»Ja?«

Nichts. Nur Tuten. Aber das Klingelgeräusch hält an. Jetzt begreift er, legt das Telefon weg und geht an das Prepaid-Handy, das ihm der »Pflichtverteidiger« gegeben hat.

»Ja?«

»Herr Grunik! Schön Ihre Stimme zu hören. Was macht der Kater?«

»Woher wissen Sie, dass ich einen Kater habe? Beobachten Sie mich etwa ständig?«

»Ich habe Ihnen doch schon erklärt, dass ich alles weiß, was ich wissen muss. Und natürlich beobachten wir Sie!«

»Sehr schön, dann können Sie mir bestimmt auch sagen, wo ich meinen Autoschlüssel verloren habe. Der ist mir gestern im Suff abhandengekommen.«

»Ich an Ihrer Stelle, Herr Grunik, würde im Wäschekorb nachsehen. Sie haben gestern, bevor Sie in Tränen ausgebrochen sind, ein bisschen die Wohnung geputzt. Dabei haben Sie Ihre Hose in den Wäschekorb gesteckt. Ich bin mir sicher, der Schlüssel steckt in der Hosentasche links vorne. Und wo wir gerade schon von Hosen sprechen: Erlauben Sie mir die Bemerkung, dass eine Unterhose nicht ausreicht für vier Tage, zumal Sie sich auch nicht geduscht haben. Nichts liegt mir ferner als Ihre hygienischen Maßstäbe zu kritisieren, wobei es in diesem Fall wohl angebracht ist.«

»Hätte ich gewusst, wie weit Ihre Fürsorge geht, hätte ich mich natürlich für Sie herausgeputzt.«

Die Ironie und Abscheu ist greifbar.

»Sagen Sie mir lieber, was ich tun muss.«

»Gut, Schluss mit dem Smalltalk. Ich möchte, dass Sie ganz genau zuhören, ich möchte, dass Sie alles genau so erledigen, wie ich es Ihnen sage. Funktioniert das, hat niemand von uns ein Problem. Vermasseln Sie es, wandern Sie heute noch ins Gefängnis. Ziehen nicht über Los und kassieren keine 400 Monopolydollar!«

»Was zur Hölle, sind Sie ein verdammter Komiker oder was läuft falsch bei Ihnen?«

»Entschuldigen Sie, Herr Grunik, nur ein kleiner Witz unter Freunden, den bringe ich immer an dieser Stelle. Ist wie ein Tick, ich kann einfach nichts dagegen machen. Also passen Sie auf: Ich will, dass Sie heute um 19:50 Uhr zum St.-Konrad-Platz gehen. Dort haben Sie noch zehn Minuten Zeit, um ein Schweinenackensteak beim Metzger Sonnenkorn zu kaufen. Das machen Sie auch unbedingt, Sie werden das Fleisch noch brauchen. Das Fleisch packen Sie in den schwarzen Rucksack, der vor ihrem Fernseher liegt. Sie müssen den Rucksack unbedingt mitnehmen. Sobald Sie das Fleisch haben, gehen Sie zum Bertholdsgarten. Im hinteren Teil der Parkanlage steht ein Brunnen. Setzen Sie sich auf den Brunnenrand und warten. Was auch immer passiert, ich will, dass Sie sich wie ein junger Held verhalten und nicht wie der Mörder, der Sie sind. Verstehen wir uns? Sie müssen flink, mutig und stark sein! Aber Sie schaffen das schon. Damit legt der Pflichtverteidiger auf. Anton ist verwirrter als je zuvor. Er wünschte, er hätte in seinem Leben mehr Drogen konsumiert, dann hätte er wenigstens die Erklärung, durch etwaige Spätfolgen nun durchgedreht zu sein. Aber so hat er keine Ahnung, was er denken soll. Er blickt auf die Uhr. 18:20 Uhr. Also noch genügend Zeit für eine Dusche und eine neue Unterhose und dann braucht er ein Schweinenackensteak.

Es ist warm, trotz der frühen Abendstunde. Er geht durch den Park und ist nervös. Normalerweise ist ihm dieses Gefühl fremd. Er war früher nie nervös und dann ist er mit Martina zum Baden gefahren. Seit diesem Tag ist der flaue Magen ein häufiger Begleiter, fast schon wie ein lästiger Verwandter, der immer wieder kommt und sich einfach breitmacht. Ungefragt und ungeladen. Er wundert sich über vieles, fast alles: was Martina passiert ist, über das, was er mit ihr gemacht hat, über den Pflichtverteidiger und seine seltsamen Forderungen. Doch dieses nervöse Gefühl versteht er. Jeder normale Mensch wäre in seiner Lage nervös. Anton schnaubt. Was heißt hier bitte normal? Als wäre er der normale Teilhabende an einem normalen Leben.

Er geht die Biegung hinauf und dort ist der Brunnen. Es ist 19:59 Uhr und er setzt sich auf den Brunnenrand. In Antons Rucksack ist nichts außer dem Schweinenackensteak. Als er es in der Ablage des Metzgers sah, hatte er das Gefühl, dass das Fleisch ihn vorwurfsvoll anstarrt, ganz so als hätte er etwas Abartiges oder Degradierendes mit ihm vor. Jetzt liegt das Nackensteak anklagend in seinem Rucksack und Anton ist sich sicher, dass es ihn immer noch vorwurfsvoll anstarrt, durch den Rucksack hindurch. Jetzt ist es 20:00, Anton sitzt da und wartet darauf ein Held zu werden.

Kapitel 6
Erster Rückblick

Es ist warm und doch ist der Badeweiher kaum besucht. Es ist abends so um 19:00 Uhr und ganz Deutschland sitzt vor dem Fernseher und betrinkt sich. Es ist Fußball-WM und die DFB-Elf trifft in 30 Minuten auf die orangen Jungs aus den Niederlanden, die, man will es nicht laut sagen, Titelverteidiger und der Favorit sind.

Anton macht sich nichts aus Fußball, Martina auch nicht und so sind sie zum Weiher gefahren und das Halbfinale geht beiden am Arsch vorbei. Sie schwimmt und er liegt am Sandstrand. Sie ist eine tolle Schwimmerin, sie schwimmt ausdauernd und mit einer Eleganz, die ihm den Atem raubt. Er trinkt ein Radler und raucht, was sehr untypisch für ihn ist, eine selbstgedrehte Zigarette. Er kann sich nicht satt sehen an diesem Mädchen, das er so sehr liebt wie das Leben, das er mit ihr leben darf. Sie ist weit draußen und er kann nur noch ihren Kopf und ihre wundervollen starken Arme sehen, die sich mit kraftvollen Bewegungen durch das Wasser kämpfen. Und dann ist ihr Kopf weg und er sieht nur noch kurz ihre Arme und dann sind auch diese weg. Mittlerweile ist es 20:40 und Deutschland führt 3:1. Er denkt sie taucht, doch sie taucht nicht, sie tut gar nichts und kommt nicht mehr hoch. Ein Ruck geht durch seinen Körper. Sie kommt und kommt nicht hoch. Noch ehe er sich versieht, stürzt er wie ein Verrückter ins Wasser und schwimmt wie ein Wahnsinniger. Jetzt sieht er in seiner Panik eine Bewegung im Wasser. Dort muss sie sein. Doch sie ist, sie war der bessere Schwimmer von ihnen beiden. Würde er ertrinken und sie müsste ihn retten, würde es vielleicht anders ausgehen. Als er schließlich bei ihr ist, will er nach ihr greifen, aber sie zuckt wie von Dämonen besessen. Ihr ganzer Körper spannt sich unmenschlich an, nur um wieder zu erschlaffen. In einem rasenden Tempo krampft sie vor sich hin und als er es endlich schafft sie zu packen, um mit ihr Richtung Ufer zu schwimmen, ist sie auf einmal ganz still. Sie bewegt sich nicht mehr und hat das Atmen aufgehört. Sobald er sie auf den Sand gelegt hat, ruft er den Notarzt an und kniet über ihr und beatmet sie wieder und wieder. Der Notarzt kommt 47 Minuten später und 47 Minuten massiert er ihr Herz und pustet Luft in ihre Lungen.

Deutschland hat gewonnen und wegen dem Siegeskorso durch die Stadt steckte der Rettungswagen hoffnungslos fest. 47 Minuten lang stirbt Anton zusammen mit ihr. Deutschland hat 4:1 gewonnen. Das letzte Tor fiel in der Nachspielzeit.

Kapitel 7

Er sitzt und die Frau rennt. Die Frau rennt schnell, ziemlich schnell, doch der Mann hinter ihr rennt schneller. Nicht mehr lange und er hat sie eingeholt. Wird er sie zu Boden reißen? Ihr die Handtasche stehlen, sie schlagen? Egal was passieren wird, die Frau hat Angst davor. Man sieht es in ihren Augen. Verdammt, man sieht es in ihrem ganzen Gesicht, Anton weiß nicht, was er machen soll. Er weiß nur, dass er etwas machen muss. Er steht auf und fängt an zu rennen, der Rucksack mit dem Schweinenackensteaks schlägt mit jedem Schritt auf seinen Rücken. Er rennt der Frau entgegen. Sie sieht ihn und beginnt zu kreischen. Von zwei Seiten bedrängt, wählt sie den Weg durch die Mitte, der andere Mann braucht nur noch drei oder vier Meter. Anton möchte ihr gerne hinterherrufen, dass er auf ihrer Seite ist, doch dafür fehlt ihm die Luft. Da bemerkt er, dass der Mann von der Frau ablässt und sich ihm zuwendet. Schneller als er begreift, ist der Mann vor ihm. Sein Gesicht ist hässlich, von vielen Pockennarben entstellt. Anton versucht abzubremsen und nicht in den fremden Mann hinein zu stürzen. Der

Faustschlag, den der Fremde auf sein rechtes Auge abfeuert, hilft ihm dabei. Der Schlag kommt mit der Wucht eines Vorschlaghammers und Anton wird aus der Bahn geworfen. Bewegungslos liegt er auf dem Boden und schafft es mit letzter Kraft vor sich hin zu stöhnen. Die Frau hat er schon lange aus dem Blick verloren. Da wird er am Kragen hochgezogen. Pockennarbe steht über ihm und schlägt noch einmal mit voller Wucht auf das rechte Auge. Um Anton herum wird alles schwarz.

Als Anton die Augen öffnet kniet die Frau über ihm. Nun, bei genauerem Betrachten erkennt er, dass es keine Frau, sondern vielmehr ein Mädchen, so um die Zwanzig. Sie redet und redet und schaut ganz besorgt. Er sieht ihre Zähne und die sind weiß. Er sieht ihre Augen und die sind grün. Er sieht ihr Haar und es ist kastanienbraun und schulterlang. Er sieht die Grübchen, die sich auf ihren Backen bilden, sobald sie den Mund bewegt. Anton findet ihren Mund schön und die Grübchen noch schöner. Er sieht die Augenringe und denkt sich, dass das Mädchen bestimmt viel Stress und Ärger in der letzten Zeit hatte. Sie spricht und spricht, ihre Augen blicken ihn flehentlich an und erst da begreift er, dass er nicht hört. Er hebt die Hand und will diese zu ihren Lippen führen. Er weiß nicht warum, er weiß nur, dass er es will. Sie versteht die Bewegung falsch und ergreift stattdessen seine Hand, die sich Richtung Gesicht bewegt. Ihre Finger fühlen sich kalt, aber nicht unangenehm an und wie sie so ganz sachte seine Hand drückt, beginnt Anton zu hören, was sie sagt.

»Geht es Ihnen gut? Sagen Sie doch was! O mein Gott, das ist alles meine Schuld!«

Ihre Stimme ist schön, das beschloss Anton im ersten Moment, als er sie hörte.

»Keine Polizei!«

Anton könnte sich selber noch einmal schlagen. Das erste, was er zu diesem Mädchen sagte, ist: Keine Polizei! Und das, obwohl sie von einem Mann verfolgt wurde. Super, Anton! Ganz großes, einfühlsames Kino! Doch das Mädchen lächelt schwach und ihre Grübchen werden tiefer. »Nein, keine Polizei! Versprochen. Und jetzt sagen Sie mir, wie es Ihnen geht. Es tut mir wirklich furchtbar leid, dass Sie damit hineingezogen worden sind.«

»Mir geht es gut bis auf das Riesenloch, das früher mein Gesicht war. Was wollte der Kerl von Ihnen?«

»Keine Ahnung! Ehrlich nicht! Ich erhielt einen Anruf. Mir wurde gesagt, ich solle in diesen Park gehen. Ich würde zwei Männer treffen und derjenige, der verprügelt wird, braucht am Ende meine Hilfe und ich brauche seine. Hier bin ich und Sie brauchen wirklich Hilfe.«

»Der Kerl, der Sie angerufen hat, hat sich nicht zufälligerweise als >Pflichtverteidiger< bei Ihnen vorgestellt?«

Das Mädchen lächelte schwach und nickte leicht.

»Ich heiße übrigens Jutta und wie kann ich Ihnen jetzt helfen?«

»Ich bin der Anton und unter diesen Umständen können wir uns das „Sie" wohl schenken oder? Hol' mal bitte das Fleisch aus meinem Rucksack und gib es mir. Ich kann mich kaum bewegen.«

Jutta reicht ihm das Fleisch und mit einem wohligen Seufzer legt er sich das Schweinenackensteak auf die hässliche, lila Schwellung, die sein rechtes Auge mittlerweile vollkommen überdeckt.

Dieser verdammte Pflichtverteidiger! Aber wenigstens weiß er jetzt, wozu das Steak gut ist.

Kapitel 8

Zweiter Rückblick

Anton sitzt neben ihrem Bett und hält ihre Hand. Die Hand fühlt sich leblos an. Kalt, schlaff, wie tot. Die einzigen beiden Geräusche kommen von der Beatmungsmaschine und von dem viereckigen Kasten, der die Herzfrequenz aufzeichnet und ein regelmäßiges Piepen von sich gibt. Ein dicker durchsichtiger Schlauch steckt in ihrem Mund und versorgt den toten Körper mit Sauerstoff. Anton hasst diesen Schlauch. Er hasst den Infusionsständer und die trübe Flüssigkeit, die tropfend in Martinas Venen fließt. Er hasst es, dass ihre Augen geschlossen sind, er hasst dieses Zimmer, er hasst dieses Krankenhaus und er hasst dieses Leben. Wenn es einen Gott gibt, sollte er genau so leiden wie Martina. Und sollte es keinen Gott geben, so sollte es ihn geben, nur um leiden zu können. Nein, das ist auch nicht richtig. Sollte es einen Gott geben, so sollte er jetzt in dieses Zimmer kommen und sich bei Martina entschuldigen.

Die Tür geht auf und ein junger Arzt in strahlendem Weiß kommt herein.

»Es tut mir leid Herr Grunik, aber die Besuchszeit ist vorbei. Kommen Sie doch morgen wieder.«

Wortlos steht Anton auf und geht hinaus. Er wird morgen wiederkommen, so wie er die letzten drei Monate jeden Tag hier war. Er wird noch einen Monat jeden Tag wiederkommen. Und dann nie wieder.

Kapitel 9

»Woher weißt du vom *Pflichtverteidiger*, Anton? Gehörst du etwa auch zu dieser Gesellschaft?«

Jutta sieht ihn eindringlich an, die Lippen gespitzt und leicht geöffnet, fast so, als wolle sie ihn küssen.

»Gott nein! Ich gehöre nicht zu diesen Arschlöchern. Der Verteidiger hat mich angerufen, genau wie dich. Er hat gesagt, ich soll in diesen Teil des Parks kommen und ein Held sein. Ich denke in diesem Punkt bin ich glänzend gescheitert.«

Jutta sieht ihn weiterhin an, doch ihr Kussmund ist verschwunden. Stattdessen zündet sie sich eine Zigarette an. Anton muss sofort an Martina denken und ihm wird schlecht.

»Was hast du ausgefressen, Anton? Warum hat der *Pflichtverteidiger* dich in seiner Hand?«

»Warum denkst du, ich hätte etwas ausgefressen? Wie kommst du darauf?«

Jutta bläst den Rauch mit einer graziösen Verachtung aus und zieht die linke Augenbraue hoch, was ihr einen sehr kritischen Geschichtsausruck verleiht.

»Ich habe etwas ausgefressen, Anton. Und wenn ich nicht ins Gefängnis will, muss ich machen, was die Gesellschaft von mir will. Warum sollte es bei dir anders sein? Also sag, was hast du angestellt?«

Anton zögert, sieht sie an, zögert wieder. Schließlich: »Ich habe meine Freundin umgebracht.«

Zu seinem Erstaunen fängt Jutta an zu lachen.

»Das trifft sich ja gut. Ich habe meinen Freund auf dem Gewissen.«

Kapitel 10

Und wieder einmal sitzt er zu Hause. Vergeblich hat er versucht ihren Geruch durch das Rauchen einzufangen, doch mit jedem Mal wurde die Wirkung schwächer. Seither hat er es gelassen. Zwei Tage ist es nun wieder her, seit er Jutta im Park getroffen hat. Diese Jutta, die ihren Freund getötet hat. Verurteilt er sie? Nein. Wie könnte er auch? Aber er fühlt auch keine wirkliche Verbindung zu ihr. Beide sind sie doch nur arme Schweine, die der Willkür der Gesellschaft hilflos ausgeliefert sind. Lustlos stochert er in den widerlichen Fertignudeln eines bekannten oder vielmehr berüchtigten Tiefkühlkostproduzenten herum. Die auf der Packung versprochene „frische, mit knackigen Tomatenstücken, vollendete Knoblauchsoße" stellt sich als vollendete Krankheit heraus. Betrachtet man die „knackigen Tomatenstücken" möchte man spontan zu weinen beginnen und dieser verbrecherischen Firma den Kampf ansagen. Notfalls auch mit paramilitärischer Unterstützung und chemischen Kampfmitteln. Der »Parmesan«, der als Beilage gereicht wird, hat wohl noch nie die Bekanntschaft eines Euters genossen und schmeckt wie Fertigputz aus der Tube. Nur im Punkt Knoblauchsoße werden die Erwartungen bei weitem übertroffen. Mit der enthaltenen Knoblauchmenge könnte man ganz Transsilvanien für ein halbes Jahr Vampir-frei halten.

Doch das alles ist Anton egal. Manchmal spießt er eine übel riechende Nudel auf, führt sie mechanisch zum Mund, kaut mechanisch auf ihr herum, bis sie mechanisch im Magen landet und dort mechanisch verdaut wird.

Die meiste Zeit starrt er auf die grau-rote Masse und zwingt sich Ordnung in dieses Chaos zu bringen, das sich sein Leben nennt. Das Handy klingelt und langsam, ganz langsam, greift er danach und hebt ab. Als er ein mühevolles »Ja?« herauspresst, merkt er selbst, dass sich seine Stimme wie verklebt anhören muss.

»Ich grüße Sie, Herr Grunik! Wie geht es Ihnen?«

»Scheiße geht es mir, Herr Pflichtverteidiger, und ich hoffe, bei Ihnen verhält es sich nicht anders.«

»Ach, Herr Grunik, seien Sie doch nicht so negativ!«

Verdammt, woher nimmt dieses Arschloch nur seine gute Laune, während er das Leben anderer Menschen ruiniert?

»Immerhin sind Sie ja jetzt ein Held! Herzlichen Glückwunsch!«

»Wollen Sie mich verarschen? Warum sollte ich ein Held sein? Ich habe mich in einer fingierten Verfolgungsjagd von einem Ihrer Schläger verprügeln lassen. Sehr heldenhaft! Und noch dazu war Ihr Schläger abgrundtief hässlich. Um Gottes Willen, wo kriegen Sie eigentlich solche Leute her? Der Mann gehört ins nächste Krematorium und nicht auf die Straße! Ich wette, in Ihrem Laden sehen alle so scheiße aus. Das ist auch der Grund, warum Sie so arme Schweine wie mich und Jutta fertigmachen! Ihr denkt wohl: Oh, die da drüben sehen besser aus als wir und sind zudem auch noch erpressbar. Lasst uns ihr Leben zerstören!«

»Herr Grunik, jetzt ist auch mal wieder gut, ja? Sie haben Ihren Punkt dargelegt und damit ist das Thema abgehakt.«

Abgehakt? Am liebsten würde er das Gesicht des Pflichtverteidigers so lange zerhacken, bis nichts mehr davon übrig ist.

»Außerdem nehmen Sie Hieronymus die Sache bitte nicht böse. Er hatte es nicht leicht in seinem Leben und ist seither etwas übereifrig. Aber einen besseren Schläger werden Sie nur schwerlich finden.«

»Was, die Pockennarbe heißt Hieronymus? Dann ist mir alles klar. Er ist nicht nur so hässlich wie die Nacht finster, nein, er hat auch noch einen Scheißnamen. Da würde ich auch anfangen fremde Menschen zu verprügeln!«

»Ach, Herr Grunik! Sparen Sie sich doch bitte diesen Zynismus. Ich mein` das Ernst: Sie sind ein Held, natürlich nicht, weil Sie sich nach Strich und Faden haben verprügeln lassen, sondern weil Sie einem fremden Menschen gegenüber ehrlich waren, und das ist etwas, das die wenigsten Menschen zustande bringen. Vor allem nicht, wenn es außerdem noch darum geht eigene Fehler oder Verfehlungen zuzugeben. Sie hätten Jutta jede Lügengeschichte auftischen können, aber das haben Sie nicht gemacht. Und wo wir schon von Jutta sprechen, sie werden das Mädchen noch öfter sehen. Sie ist so etwas wie Ihre neue Partnerin auf Ihrem langen, steinigen Weg zurück in den Schoß der Gesellschaft.«

»Arbeiten eigentlich bei euch nur perverse Spinner? Was ziehen Sie hier eigentlich ab? Eine neue Dokusoap mit dem Titel: „Mörder sucht Frau!" oder was? Herr Pflichtverteidiger, der Blitz soll Sie und Ihre Sippe beim Scheißen treffen, nur dass Sie's wissen.«

»Herr Grunik, jetzt ist Schluss. Ich habe Sie und Ihre impertinente Art lange genug ertragen. Sie halten jetzt die Schnauze und hören zu, ansonsten lege ich einfach auf und die Polizei holt Sie ab. Ich möchte, dass Sie sich morgen um 19:00 Uhr in der Bierbaracke einfinden. Dort werden Sie sich mit Jutta treffen und einen gemütlichen Abend verbringen. Wissen Sie, wo die Bierbaracke ist? Wenn nicht, finden Sie es sicher heraus. Ich möchte, dass Sie alles über Jutta erfahren, was interessant sein könnte. Vor allem müssen Sie in Erfahrung bringen, auf welche Weise Jutta ihren Freund um die Ecke gebracht hat. Doch davor gehen sie noch zur städtischen Bibliothek am Husarendenkmal. Leihen Sie sich einen blauen Atlas, Druckjahr 1968, aus. Sie finden das Buch im Regal 73. Nehmen Sie nur diesen Atlas und keinen anderen. Es gibt nur einen Atlas aus diesem Jahr, also versauen Sie es nicht. Bringen Sie den Atlas zum Treffen mit, aber sehen Sie vorher nicht hinein. Sie werden ihn noch brauchen. Alles klar? Dann los.«

Kapitel 11

Dritter Rückblick

Tagelang hat er überlegt. Er hat gelitten und sich Nacht für Nacht in den Schlaf geweint. Als er schließlich vor ihr steht, bleibt die erhoffte Gewissheit aus. Er hatte sich immer mit dem Gedanken getröstet, dass er genau wissen würde, was zu tun sei. Doch jetzt, wo es soweit ist, weiß er immer noch nicht, ob es richtig ist oder nicht. Zum dritten Mal steht er schon so vor ihrem Bett. Drei Tage in Folge. Doch er konnte es nicht und ging beide Male aus dem Zimmer, ohne ihr einen Abschiedskuss auf die kalten Lippen zu pressen. Er weiß immer noch nicht, ob es richtig ist, doch dieses Mal tut er es trotzdem. Er zieht eine 30-ml-Spritze aus seiner Tasche. Er hatte sich im Internet genau erkundigt und wusste, dass 30 ml ausreichen mussten. Ein paar Tage zuvor war er ungesehen in eine Behandlungsbox eingedrungen und hatte die Spritze entwendet. 30ml Luft waren absolut tödlich für ein Mädchen mit gerade einmal 52 Kilo. Er steckt die Spritze am Infusionsschlauch an, atmet tief durch und drückt die ganze Luft mit einer kräftigen Bewegung in Martinas Adern. Angeblich soll der Tod durch eine Lungenembolie schnell eintreten. Und tatsächlich bäumt sich Martinas Körper auf und ein Stöhnen entkommt ihrem Mund. Es ist schon ironisch, dass sie in dem Moment ihres Todes lebendiger wirkt als die ganzen vier Monate zuvor. Die Geräte fangen an anklagend zu piepsen und schon hört Anton hektisches Fußgetrampel auf dem Gang. Er beugt sich über sie und küsst sie zuerst auf den Mund und dann auf die Stirn.

»Es tut mir Leid. Ich liebe dich.«

Dann dreht er sich um und rennt los, auf dem Gang stößt er fast mit dem Notfallteam zusammen. Er rennt weiter, sie rufen seinen Namen, doch er rennt einfach weiter.

Kapitel 12

Natürlich sieht er als erstes in den Atlas hinein. Es ist ihm egal, was der Pflichtverteidiger gesagt hat. Sollen sie ihn doch ins Gefängnis werfen, weil er in ein Buch gesehen hat. Die Zweifel in ihm werden immer größer. Soll er sich nicht einfach stellen? Diesem ganzen Zirkus den Rücken kehren und sich von der Gesellschaft am Arsch lecken lassen? Er ist ein Mörder, hat er es da nicht verdient, verurteilt und weggesperrt zu werden? Jeden Tag muss er an Martina denken. Jede Stunde bereut er seine Entscheidung und jede Minute vermisst er sie. Und das Schlimmste ist, er kann mit niemandem darüber reden. Er schlägt das Buch auf und stößt auf ein Kuvert. Er reißt den Umschlag heraus und erstarrt. Er fühlt eine angenehme Schwere und blickt hinein. Darin ist Geld, viel Geld. Hastig schlägt Anton das Buch wieder zu und blickt sich panisch in der Bibliothek um. Keine Menschenseele ist zu erkennen und so verstaut er das wuchtige Buch in seinem Rucksack. Dieser riecht immer noch nach totem Schwein. Er nimmt den Umschlag wieder heraus und bekommt zum zweiten Mal einen Schreck. Es sind 35.000€ in lila

500€-Scheinen. Viel Geld, richtig viel Geld. Zumindest für ihn. Er und Martina hatten nie viel Geld, aber immer so viel, dass es für sie beide gereicht hat. Er steckt auch das Geld in den Rucksack und ein schlechtes Gefühl breitet sich in seinem Bauch aus. Das kann nur scheiße enden.

Kapitel 13

Er findet die Bierbaracke sofort. Ein schäbiger Laden, der von Gott und der Welt gemieden wird. Doch die Jugend liebt ihn. Normalerweise sind die Nächte hier so lang wie der Winter und so laut wie ein Krieg. In diesem Moment jedoch steht der Laden wie tot vor Anton. Oder steht Anton wie tot vor dem Bierbunker? Er geht auf das gedrungene Gebäude zu und plötzlich tritt eine Person aus dem Schatten. Anton bleibt wie angewurzelt stehen. Es ist Hieronymus. Dieser stellt sich direkt vor dem Eingang auf und sieht Anton abwartend an.

»Ich schlag ihm seinen Schädel ein! Bei Gott, ich schwöre es. Wenn mich Pockennarbe noch einmal anfasst, schlage ich ihm den Schädel ein.«

Anton sammelt seinen Mut und geht, so sicher wie möglich, auf den Schläger zu. Einen Meter vor ihm bleibt er stehen und sieht ihm direkt in die Augen.

»Der Verteidiger hat mich angerufen. Ich soll da rein.«

Pockennarbe nickt leicht.

»Hast du das Buch, Anton?«

»Ich hab das Buch und jetzt lass mich rein.«

»Weißt du, warum ich dich duze, Anton? Mit kleinen Arschlöchern bin ich grundsätzlich per du!«

»Halt die Fresse und lass mich endlich rein, verdammt.«

»Ach, woher diese Feindseligkeit? Hast du davor in den Atlas gesehen?«

Anton will lügen, das ist sein erster Impuls. Doch die Gesellschaft weiß bestimmt, dass er nachgesehen hat. Er beschließt nicht zu lügen. Er will nicht wieder von diesem hässlichen Menschen geschlagen werden. Wobei, am Ende wird er höchstwahrscheinlich sowieso geschlagen.

»Ja, ich hab in das Buch gesehen, was soll's?«

Pockennarbe greift in die Tasche und holt etwas heraus, das wie ein Springmesser aussieht. Er geht einen Schritt auf Anton zu.

»Du lernst es wohl nie oder, Anton? Du lernst nie, das zu tun, was von dir verlangt wird.«

Sein Gesicht ist nun ganz nah und aus seinem Mund stinkt es nach faulen Eiern. Blitzschnell hebt er das Messer, doch anstatt einer Klinge schießt ein Kamm hervor. Langsam fährt er sich mit diesem durch die

Haare und betrachtet Anton ganz genau. Anton scheißt sich beinahe ein vor Angst.

»Geh jetzt rein oder ich überlege es mir noch anders. Der Verteidiger meint, du bist zu was zu gebrauchen. Ich bin mir da nicht so sicher. Überleg dir genau, was du tust.«

Kapitel 14

Sie sitzt an einem runden Eichentisch. Der Tisch steht in einer Ecke. Die Haare offen und der Mund geschlossen. Fast sieht sie aus wie eine griechische Göttin. Nur das Glas Helles vor ihr verdirbt das Bild. Sie bemerkt ihn noch nicht und er beschließt noch einen Moment zu warten, bevor er zu ihr hinübergeht. Jutta hebt das Glas an und nimmt einen kleinen Schluck. Der Schaum klebt an ihrer Oberlippe und reicht bis zur Nasenspitze hinauf. Sie nimmt eine Serviette und wischt den Schaum mit einer langsamen Bewegung weg. Sie holt ihre Zigaretten hervor und in Antons Magen zieht sich alles zusammen. Nun geht er doch zu ihr hinüber und er setzt sich an den Tisch.

»Hallo Jutta.«

»Hallo Anton.«

Schweigen.

Die Bedienung kommt. Ein glatzköpfiger, leicht übergewichtiger Barkeeper um die 45.

»Was darf's denn sein?«

Anton wirft einen schnellen Blick durch die Kneipe in der Hoffnung eine Eingebung zu erhalten.

»Weiß noch nicht. Was kann man denn empfehlen?«

»Bürschchen du bist hier in der Bierbaracke. Und in der Bierbaracke trinkt man Bier. Also was willst?«

»Dann nehm ich ein Helles vom Fass.«

Die Bedienung geht zurück hinter den Tresen und Anton sieht sich noch einmal um. Schön ist es hier. Dunkles Holz, schummriges Licht und leise Musik, die nach Johnny Cash klingt nur schlechter, machen aus dieser Kneipe eher eine Höhle als eine Baracke. Es ist etwas dreckig und die Luft ist irgendwie abgestanden. Außer Anton und Jutta sind nur sehr wenige Gäste hier und anstatt das Bier zu bringen, poliert der Wirt lieber seine Gläser. Was nichts anderes bedeutet, als dass er den Dreck nur regelmäßiger verteilt. Anton sieht zu Jutta zurück und Jutta sieht Anton an. Sie raucht und zieht allmählich eine Augenbraue in die Höhe. Ganz so als wolle sie sagen:

»Und jetzt?«

Endlich kommt das Bier und Anton nimmt sofort einen riesigen Schluck.

»Der >Verteidiger< hat gesagt, dass ich dich hier treffen werde. Er hat auch gesagt, ich soll dich fragen, wie du deinen Freund umgebracht hast.«

Jutta lächelt ein trauriges Lächeln, nimmt eine Serviette und wischt den Bierschaum ganz sanft von Antons Oberlippe.

»Ich weiß. Er hat mir gesagt, dass ich es dir erzählen soll.«

Kapitel 15

Sie zündet sich eine weitere Kippe an und beugt sich etwas näher zu Anton hinüber, nicht viel, aber doch ein bisschen.

»Mein Freund war ein Dealer. Hauptsächlich synthetische Drogen und Meth. Welchen Stoff er noch vertickt hat, habe ich erst durch den >Pflichtverteidiger< erfahren. Nun ja, vor ein paar Wochen habe ich eben herausgefunden, womit mein Freund sein Geld verdient. Es gab einen fürchterlichen Streit. Ich habe ihm gesagt, dass er damit aufhören muss. Entweder der Drogenhandel oder ich. Er wollte es nicht verstehen. Ich habe ihn angebrüllt und er hat zurückgebrüllt. Irgendwann ist er aus dem Zimmer gestürmt und hat die Wohnungstür hinter sich zugeschlagen. Ich wusste nicht, wann oder ob er überhaupt wieder zurückkehrt. Ich habe ihn nie zuvor so erlebt. Er redete von Schulden und Drogenringen. Er war vollkommen aufgelöst. Er schrie, sie würden ihn umbringen, sollte er die Schulden nicht bezahlen und der Drogenhandel sei die einzige Möglichkeit, um das Geld schnell genug aufzutreiben. Als er weg war, durchsuchte ich seine Sachen, doch ich fand weder in unserem Schlafzimmer noch sonst wo irgendetwas mit Drogen. Bis ich schließlich im Spülkasten der Toilette nachsah. Eine große, luftdicht verschweißte Plastiktüte voller Pillen war darin. Ich habe die Tüte aufgemacht und alles die Toilette runtergespült. Ich war so wütend, am liebsten hätte ich ihn umgebracht, wobei, am Ende habe ich es ja doch getan, irgendwie zumindest. Als er mitten in der Nacht wieder nach Hause kam, redete er kein Wort mit mir. Er suchte seine paar Sachen zusammen und ging in das Badezimmer. Als er bemerkte, dass die Drogen verschwunden waren, stürmte er wieder heraus und brüllte mich an. Ich sagte ihm, was ich getan hatte und er wurde totenbleich. Langsam ging er aus dem Zimmer, sah mich an und sagte: »Jutta, du hast mich umgebracht.« Dann war er weg. Vier Tage später fand man ihn in der Nähe eines Waldstückes. Hingerichtet mit einem einzigen Kopfschuss. Fünf Tage später besuchten mich zwei osteuropäisch wirkende Männer. Groß, tätowiert, aber auch kultiviert. Sie wollten ihr Geld zurück und die Drogen. Insgesamt 35.000€. Morgen muss ich zahlen. Der Pflichtverteidiger hat mich dann vor zwei Wochen angerufen und jetzt bin ich hier.

Kapitel 16

Anton begreift, warum der Pflichtverteidiger ihm das Geld gegeben hat. Er soll dem Mädchen helfen. Doch warum hat die Gesellschaft nicht einfach für das Mädchen gezahlt. Warum muss er das tun? Wobei er feststellte, dass er dem Mädchen helfen will. Er fühlt sich gut dabei, Jutta das Geld geben zu können, ja es freut ihn direkt. Ist das egoistisch? Wenn jemand kurz vor dem Zusammenbruch steht und man sich freut, weil man SELBST dem anderen helfen kann? Anton erwartet nichts von Jutta, es ist ja nicht sein Geld. Und doch stellt er sich diese Frage. Ja, es ist egoistisch. Erschrocken stellt Anton fest, dass es Jutta ist, die Hilfe braucht und er ihr helfen kann. Er kann diese Sache für sie in Ordnung bringen, er kann sie bewahren, er kann sie retten. Er kann all das tun, was ihm bei Martina nie gelungen ist. Jutta hat mit dem Sprechen aufgehört und sieht ihn fragend an. Sie zündet sich eine weitere Kippe an. Diese Frau raucht wie ein Schornstein.

»Ich habe ihn umgebracht oder? So ist es doch! Hätte ich die Pillen nicht hinuntergespült, wäre er nie wegge-

gangen. Und diese Menschen hätten ihn nie umgebracht.«

Allein wie Jutta das Wort »Menschen« betont, versetzt
Anton eine Gänsehaut.

Er zuckt mit den Achseln.

»Er war ein Dealer.«

Danach tut er so, als sei damit alles gesagt. Ist es natürlich nicht, er weiß nur nicht, wie er weitermachen soll.
Soll er ihr das Geld geben? Natürlich soll er. Er holt
den Atlas hervor und zieht das Kuvert heraus. Er blickt
in den Umschlag, nickt und schiebt ihn Jutta über den
Tisch zu.

»Was ist das, Anton?«

»Genügend Geld, um dich aus dieser Sache rauszuho-
len.«

»Haben diese Typen dir das Geld gegeben?«

Anton lächelt verlegen, natürlich hätte er gerne gesagt,
das Geld sei von ihm, aber das geht nicht. Da kommt
ihm ein Gedanke.

»Jutta ich weiß, es ist nicht mein Geld, aber ich kann es
für dich abgeben. Du musst mit diesen Mafiatypen
nichts zu tun haben. Ich kann das machen. Du vertraust mir doch, oder?«

Jutta greift nach Antons Händen und drückt sie. Die Hand ist warm und fühlt sich gut an.

»Ja Anton, ich vertraue dir. Aber das muss ich alleine machen. Verstehst du? Ich habe das angefangen, da sollte ich es auch sein, die es beendet.«

Jutta steckt den Umschlag in ihre Tasche und trinkt einen Schluck Bier.

»Was ist mit dir Anton, warum hast du deine Freundin umgebracht?«

»Ich habe es ihr versprochen.«

Kapitel 17

Letzter Rückblick

Schwer atmend rollt sich Anton von ihr herunter. Er schnauft wie ein Stier und der Brustkorb hebt und senkt sich mit mächtigen Bewegungen. Martina legt ihre linke Hand auf seine rechte Brust und ihren Kopf auf seine Linke. Sie zündet sich eine Zigarette an, inhaliert ganz tief und bläst den Rauch genüsslich aus.

»Verdammt gut!«

Anton weiß nicht, ob sie den Sex oder die Kippe danach meint. Er liebt es mit ihr zu schlafen und ihr danach beim Rauchen zuzusehen. In diesen Momenten denkt er an nichts, er existiert einfach nur neben ihr und sieht sie an. Immer wenn Martina bemerkt, wie er sie ansieht, fängt sie an zu lachen und wischt ihm mit einer Hand zärtlich über die Augen.

»Du Spinner«, sagt sie dann und lacht noch lauter.

Anton lacht dann mit.

Anton spielt mit ihren Haaren, während ihr Kopf auf seiner Brust liegt und manchmal küsst er ihre Stirn, ganz sanft, ganz zärtlich.

Anton hat sogar eine kleine Brandnarbe auf dem Bauch. Eines Abends, beide waren sie leicht betrunken, ist Martina mit einer Zigarette auf seiner Brust eingeschlafen. Durch seinen Schmerzensschrei wurde sie aber schnell wieder wach.

Seine Hände verharren auf ihrem Nacken und nach einer Zeit gibt Martina ein forderndes Brummen von sich.

»Was?«

»Streichle weiter!«

Anton streichelt weiter. Das Grinsen hat für keine Sekunde nachgelassen.

Irgendwann flüstert sie ihm ganz leise ins Ohr:

»Anton, geht es dir gut?«

Anton flüstert nicht ganz so leise zurück:

»Ja klar, warum?«

»Nur so.«

»Ah-ha.«

Jetzt geht er mit seinen Lippen ganz nah an ihr Ohr und flüstert ebenfalls:

»Martina, geht es dir auch gut?«

»Ja klar, ich meine, natürlich geht es mir gut.«

Sie schüttelt den Kopf und dann:

»Du weißt doch, meine Großtante. Das geht mir einfach nicht mehr aus dem Kopf.«

»Martina, ich versteh ja, dass du traurig bist, aber das ist doch jetzt über einen Monat her und du kanntest sie doch gar nicht. Sie war über 85 und du hast selbst gesagt, dass es dir nicht viel ausmacht.«

»Das mein ich doch gar nicht Anton, es ist schon in Ordnung, dass sie gestorben ist. Aber die Zeit davor macht mich so fertig. Sie war sieben Jahre im Koma. Kannst du dir das vorstellen? Sieben Jahre! Wie ein Zombie. Das einzige, was du dann noch machen kannst, ist atmen und kacken.«

»Das weißt du doch gar nicht. Du weißt doch nicht, was diese Frau noch mitbekommen hat oder nicht.«

»Ist mir egal. Allein bei dem Gedanken so zu leben, da wäre ich lieber tot.«

»Sag so etwas doch nicht!«

Die lustige, romantische Stimmung ist vollkommen verflogen. Martina richtet sich auf und blickt Anton direkt in die Augen.

»Ich liebe dich, Anton, aber das ist jetzt mein voller Ernst. Wenn mir sowas passiert, musst du etwas dagegen tun.«

»Wie? Was soll ich denn dagegen tun? Wovon zur Hölle sprichst du da gerade?«

»Wenn ich so vor mich hinvegetiere, musst du das beenden.«

»Martina, das...«

»Versprich es mir!«

»Ich kann doch nicht....«

»Du sollst es mir versprechen!«

»ICH KANN DICH DOCH NICHT TÖTEN!«

Anton schreit, doch Martina bleibt ganz ruhig.

»Doch, das kannst du, wenn du mich liebst, dann kannst du das. Und jetzt versprich es mir.«

Anton verspricht es und letzten Endes wird er sein Versprechen halten.

Kapitel 18

Anton begleitet Jutta nach Hause. Es ist ihm viel zu unsicher das Mädchen mit dem vielen Geld allein durch die Gegend laufen zu lassen. Sie hängt sich mit dem Arm bei ihm unter und so gehen sie schweigend. Es gibt nicht mehr viel, über das die beiden zu reden haben, doch das Schweigen ist nicht unangenehm. Ab und zu blickt er zu ihr hinunter oder sie zu ihm hinauf. Auf den Straßen ist viel los. Aufgebrachte Menschen skandieren Parolen und einige sind mit Demonstrationsschildern unterwegs. Aufgrund der ausufernden Finanzkrise und den wachsenden Arbeitslosenzahlen sind die Menschen wütend oder besser gesagt: Stinksauer! Sie sind dazu bereit ihre Wut in einer einzigen Nacht auszuleben. Doch noch ist es nicht soweit. Für das ganze Land sind für heute Aktionen und Demonstrationen angekündigt, doch Anton ist das egal. Er hat sich schon vor dem Unfall nie groß für Politik interessiert. Er war immer zufrieden, wenn sein Leben einigermaßen funktionierte. Und nach dem Unfall war Martina das einzige was zählte. Ja, Martina, seine Gedanken verschwenden sich für keinen Augenblick an die aufgebrachte Stimmung. Vielmehr denkt er wieder an Martina. An, Martina wie sie nur mit einem schwarzen, eng anliegenden Nachthemd die Orchideen in ihrem Zimmer gießt. Wie das Nachthemd knapp unter ihrem Poansatz über die Oberschenkel gleitet, als sie sich zu ihm umdreht. Wie sie ihn anlacht, die kleine Gießkanne aus Blech abstellt und ihm mit den Fingern bedeutet, er soll zu ihr hinüberkommen. Anton weiß noch ganz genau, wie er zu ihr geht, sie erst sanft, dann verlangend auf den Mund küsst. Mit einer Hand den linken Träger des Kleidchens über ihre Schulter und den Oberarm streift, bis die linke Brust nackt zum Vorschein kommt. Er wandert mit dem Mund über den Hals hinab, bis er ihre Brustwarze zwischen den Lippen spürt. Diese wird schnell fest und richtet sich auf, während Martina seinen Kopf mit beiden Händen an ihre Brüste drückt. Er küsst ihren Nippel noch ein-, zweimal, während die andere Hand die noch bedeckte Brust massiert. Dann blickt er zu ihr hinauf:

»Du bist die beste Gärtnerin, die ich kenne. Allein diese Orchideen hier. Dir ist noch keine einzige eingegangen. Irgendwie schaffst du es immer alles am Leben zu erhalten.«

Sie streichelt mit den Händen über seinen Kopf und fängt leise an zu lachen.

»Du Spinner, komm lieber mit!«

Mit diesen Worten zog sie ihn ins Schlafzimmer.

Daran denkt er, während er mit Jutta durch die Straßen geht. Sie hat seinen Arm nicht losgelassen und als er zu ihr sieht, treffen sich ihre Blicke. Am liebsten würde er sie jetzt in den Arm nehmen.

»Ruf mich an, wenn du die Sache mit dem Geld erledigt hast. Ich will wissen, dass es dir gut geht.«

»Ist gut, das kann ich machen. Wie geht das Ganze jetzt weiter?«

»Ich weiß es nicht. Mal sehen, was diesen Ärschen von der Gesellschaft als nächstes einfällt. Irgendwann muss das alles doch zu einem Ende kommen. Er kann uns doch nicht für ewig erpressen, oder?«

Sie sieht ihn traurig an.

»Doch, ich fürchte, genau das kann er. Zumindest, solange wie wir nicht ins Gefängnis wollen.«

»Was willst du tun, wenn das alles vorbei ist?«

Ein kleines Lächeln kämpft sich mutig auf Juttas Gesicht zurück.

»Ich würde von hier weggehen. Irgendwohin, keine Ahnung. Ich glaube, ich besorg mir noch ein paar Karten und dann sehen wir weiter.«

»Ich glaube, ich habe noch etwas für dich.«

Anton holt den Atlas aus dem Rucksack und gibt ihn ihr. Dieser verdammte Pflichtverteidiger, woher weiß dieser Mensch eigentlich alles? Auf der Straße sammeln sich immer mehr Menschen. Die Stimmung wird immer aggressiver und Anton ist heilfroh, als er Jutta endlich bis zu ihrer Tür bringt.

»Ich melde mich«, sagt sie noch, dann gibt sie ihm einen Kuss auf die Wange und ist verschwunden.

Kapitel 19

Es klopft an der Tür und Anton macht auf. Der Pflichtverteidiger steht vor ihm. Die Mittelmäßigkeit ist verschwunden. Er trägt einen maßgeschneiderten Anzug und ein farblich abgestimmtes Einstecktuch. Er lächelt nicht, aber er reicht Anton die Hand zu einem Händedruck. Anton ignoriert die Hand. Dem Pflichtverteidiger ist das sichtlich egal und er geht unaufgefordert in die Wohnung.

»Seien Sie ein guter Gastgeber und bringen Sie mir ein Glas Wasser. Leitungswasser sollte reichen.«

Mit diesen Worten setzt sich der Mann auf die Couch im Wohnzimmer und legt seinen Aktenkoffer auf den kleinen Tisch vor sich. Anton bringt das Wasser, stellt es ebenfalls auf den Tisch und setzt sich dem Mann gegenüber. Antons Blick ist misstrauisch, während der Blick des Pflichtverteidigers gar nichts aussagt.

»So, Herr Grunik, wie es aussieht, haben Sie Ihre Aufgaben mit Bravour erledigt. Sie haben das Geld übergeben und Sie haben sogar noch für den Atlas Verwendung gefunden. Ganz zu schweigen von ihrer rührenden Lebensbeichte. Diese hat mir am besten gefallen.«

»Ficken Sie sich ins Knie!«

»Herr Grunik, an Ihren Manieren sollten Sie aber noch etwas arbeiten. Zudem wiederholen Sie sich des Öfteren. Wie langweilig.«

»Sparen Sie sich den Mist. Sagen Sie mir lieber, wie es nun weitergeht.«

»Dann wollen wir mal sehen. Sie haben alle Aufgaben erfüllt. Auch wenn Sie recht lästig sind und mich immer nur beleidigen, so muss ich doch anerkennen, dass Sie Ihren Job bisher ganz vernünftig gemacht haben.«

»Heißt das, Sie lassen mich endlich in Ruhe?«

»Fast. Etwas bleibt für Sie noch zu tun. Eine letzte Angelegenheit. Sozusagen Ihre Rehabilitation.«

Der Pflichtverteidiger öffnet den Aktenkoffer und holt einen Revolver hervor, diesen legt er in die Mitte des Tisches.

»Schießen Sie sich in den Kopf und Sie sind frei.«

»Wie bitte?«

»Schießen Sie sich in den Kopf und Sie sind frei.«

»Was soll das? Ich habe doch alles getan, was Sie von mir verlangt haben. Sie haben gesagt, wenn ich alles mache, bekomme ich mein Leben zurück. Und jetzt soll ich mich umbringen?«

»Herr Grunik, Sie haben ein Leben ausgelöscht und dafür können Sie nur mit Ihrem eigenen Leben zahlen. Wir haben beschlossen, Ihnen die ehrenhafte Möglichkeit des Suizides zu gewähren, da Sie uns so treu gedient haben. Wir hätten Sie auch einfach zu Tode foltern können, was unter uns gesagt des Öfteren auch geschieht.«

»Scheiße! Was soll das, Sie haben gesagt, ich kann wieder Teil der Gesellschaft werden. Sie sind doch die Gesellschaft. Warum tun Sie mir das an?«

»Wachen Sie auf, Herr Grunik. Sie haben Ihr Leben verwirkt und deswegen fordert die Gesellschaft ihren Preis. Drücken Sie ab und Sie sind rehabilitiert.«

»Das kann doch nicht Ihr Ernst sein! Wenn das so ist, gehe ich zur Polizei. Wenn Sie mich umlegen wollen, dann bitte! Ich bin lieber im Gefängnis als tot.«

»Herr Grunik, Sie weigern sich immer noch zu verstehen, oder? Egal wie Sie sich entscheiden: Sie werden dieses Zimmer nicht lebend verlassen. Sie haben ein

Leben ausgelöscht und das kann nur durch Ihren Tod bereinigt werden. Dass wir Ihnen diese schmerzlose Variante offerieren, ist nur ein Zugeständnis, ein letzter Akt der Gnade sozusagen.«

»Das ist doch Irrsinn. Sie sagen, Sie sind von der Gesellschaft. Die Gesellschaft, die Menschen würden so etwas niemals akzeptieren.«

»Herr Grunik, seien Sie doch kein naives Kind. Wer sagt denn, dass die Gesellschaft gut ist? Die Gesellschaft ist nicht gut. Sie ist egoistisch, sie ist fremdenfeindlich. Sie liebt die Unterhaltung und hasst die Verantwortung. Sehen Sie sich doch um. Ich repräsentiere eine Gesellschaft, ein Volk, das eine Partei zum Sieger macht, die mit populistischen Wahlversprechen, wie einer Autobahnmaut für Ausländer oder Obergrenzen für die Schwächsten der Schwachen, auf Stimmenjagd geht, während Vetternwirtschaft und Amigotum zur Staatsform ausgerufen werden. Und die Menschen lieben es. Das Fleisch ist so billig, dass wir es uns jeden Tag leisten können, während Milliarden von Tieren für uns bluten und leiden. Und wissen Sie was? Den Menschen ist es egal! Sehen sie sich doch die Demonstrationen da draußen an. Nur ein kurzes Aufflackern von

Wut und Dummheit und morgen ist alles wieder vorbei. Die Banken und Kapitalisten werden verflucht wegen ihrer bodenlosen Gier und gleichzeitig verfluchen wir die geringen Zinsen auf unseren Sparkonten. Die Gier der Großen ist nur ein Spiegelbild unserer eigenen Gier. Selbstgerecht verurteilen wir als Gesellschaft, was fremd und anders ist, und solange wir Prominente in den Dschungel schicken können und der Sprit bezahlbar bleibt, ist das alles egal. Und sollten Demonstrationen, wie heute, aus dem Ruder laufen, so lassen wir sie einfach niederknüppeln. Nichts gefällt dem normalen Bürger so gut wie ein Parasit, ein Demonstrant, der vor laufender Kamera was auf die Fresse bekommt. Das, mein lieber Herr Grunik, ist die Gesellschaft, in der Sie und ich leben. Diese Gesellschaft ist so wenig gut, wie Sie schlecht sind. Sie ist nur was sie ist und wenn man ihr ein Bein stellt, wird dieses Bein gebrochen. Sie verschlingt alles und jeden. Genau das ist es, was Ihnen passiert. Sie sind nur ein Staubkorn am Arschloch der Gesellschaft. Akzeptieren Sie es so, wie es ist. Sie haben es versaut und heute wird die Rechnung präsentiert.«

Der Pflichtverteidiger nimmt einen Schluck und blickt Anton starr ins Gesicht. Was soll er nun tun? Er wollte vor dem Mord davonlaufen, aber er wurde immer wieder eingeholt. Von sich selbst, von Jutta, von der Gesellschaft. Was will er noch von diesem Leben, was will er noch von dieser Welt? Vielleicht hat der Pflichtverteidiger ja Recht, aber es ist einfach so unfair.

»Wenn ich jetzt abdrücke, was passiert dann?«

»Sie sterben, aber niemand wird je erfahren, dass Sie sich oder Martina umgebracht haben. Wir haben die Mittel und die Wege, alles, aber auch wirklich alles zu vertuschen. Ihre Familie wird Sie als den liebevollen Menschen in Erinnerung behalten, der Sie waren und nicht als der Mörder, der Sie sind.«

»Werden Sie Jutta auch umbringen?«

»Nein, werden wir nicht. Bei ihr liegt die Sachlage etwas anders. Sie hat ihren Freund ja nicht persönlich umgebracht. Von daher wiegt ihre Schuld nicht so schwer. Sie wird noch das ein oder andere zur Sühne machen müssen und dann ist sie frei. Ihr wird nichts geschehen. Anton nickt langsam, starrt auf die Waffe und die Waffe starrt zurück.

»Ich habe Ihr Wort, dass Jutta nichts geschieht?«

»Ja.«

Wieder nickt Anton langsam und greift zögerlich nach dem Revolver.

»Sie bringen mich um, wenn ich es nicht selbst tue oder?«

»Ja.«

Anton richtet die Waffe auf den Pflichtverteidiger.

»Und wenn ich Sie erschieße?«

»Dann wird man Sie trotzdem töten. Qualvoll. Und Sie wissen doch am besten, wie schwer Sie an Martinas Tod zu tragen haben. Wollen Sie sich wirklich einen weiteren Mord auf die Seele laden?«

Anton schüttelt den Kopf, dann mit einer ruckartigen Bewegung presst er sich den Lauf des Revolvers an die Schläfe.

»Sie sind ein Arschloch, fahren Sie zur Hölle!«

Sein ganzer Körper zittert, er presst die Augen fest zusammen und die Adern an Kopf und Hals treten pochend hervor.

Dann drückt er ab.

Ein Klicken.

Nichts passiert.

Langsam macht er die Augen auf und sieht in das ausdruckslose Gesicht des Pflichtverteidigers.

»Herzlichen Glückwunsch, Herr Grunik, Sie sind tot. Sie haben Ihre Schuld gegenüber der Gesellschaft getilgt. Ihr altes Leben ist vorüber, machen Sie aus dem Neuen was.«

Damit steht er auf, nimmt die Waffe aus Antons schlaffen Händen und geht zur Tür.

»Alles Gute für die Zukunft. Wir beide werden uns nicht wieder sehen. Und wenn ich Ihnen noch einen Tipp gebe darf: Gehen Sie zu Jutta. Sie ist beim Reiterdenkmal und dort wird es heute noch sehr hässlich werden.«

Er geht aus der Wohnung und die Tür fällt hinter ihm ins Schloss.

Anton vergräbt das Gesicht in den Händen und ein einziger, jämmerlicher Schluchzer entkommt seinem Mund. Welch Ironie. Am liebsten würde er jetzt sterben.

Letztes Kapitel

Anton drängelt sich durch die Menschen und je näher er dem Denkmal kommt, desto schlimmer wird es. Um ihn herum ist es wie im Krieg. Die Menschen schreien und skandieren Parolen. Amerikanische und deutsche Flaggen werden verbrannt. Überall sieht man die Anhänger des Schwarzen Blocks mit schwarzen Kapuzenpullis und Sturmhauben. Viele halten Steine, Flaschen und Stangen in der Hand. Der blinde Mob bewegt sich Richtung Innenstadt. Doch von vorne kommen die ersten Schreie nach hinten durch. Die Polizei wartet schon. Mit Sturmschilden und verlängerten Teleskopschlagstöcken hat sich eine massive Wand hinter Absperrgittern und vor Wasserwerfern aufgebaut. Bereit das Volk zu beschützen, indem man die Bürger niederringt. Viele der friedlichen Demonstranten wollen zurück und werden doch von der Meute nach vorne gedrängt. Die gewaltbereiten Demonstranten versuchen nun mit aller Macht in die erste Reihe zu kommen, aus Angst die ersten Schläge zu verpassen.

Und auch die Polizisten haben Angst. Wenn man hinter die Schutzvisiere aus Plexiglas blickt, erkennt man die Furcht genau. Sie wissen, sie sind 15 zu 1 unterlegen und wenn die Demonstranten sie einkesseln, gibt es ein Blutbad auf ihrer Seite. Bevor es dazu kommt, richtet man lieber ein Blutbad auf der anderen Seite an. Angst ist ein beschissener Ratgeber und Angst haben sie alle.

Anton kommt dem Denkmal immer näher und tatsächlich steht Jutta auf der obersten Stufe und schießt Fotos. Anton will zu ihr, doch der Mob verlangsamt alles. Und dann geht alles auf einmal ganz schnell. Eine Welle der Wut geht durch die Demonstranten und sie stürmen auf die Absperrung der Polizei zu. Die Stimme des Polizeikommandanten am Lautsprecher geht in einem Aufschrei des Zorns unter und die ersten Steine fliegen Richtung Polizei. Zwischen der ersten Welle der Demonstranten und der Polizei liegen noch 100 Meter, da fangen die Wasserwerfer an zu schießen. Die erste Reihe gerät ins Wanken und wer fällt, wird gnadenlos niedergetrampelt. Doch die Wasserwerfer reichen nicht aus und schon schlagen die ersten Demonstranten mit Stangen und Verkehrsschildern auf die Absperrgitter und die dahinter stehenden Beamten ein. Anton wird mit nach vorne getragen, doch es gelingt ihm Jutta nicht aus den Augen zu lassen. Er schafft es nicht zu ihr durchzukommen und brüllt in Frustration auf. Plötzlich wird in ein Horn geblasen und in der Menge bricht Panik aus. Eine Reiterstaffel von ca. 50 Polizisten zu Pferd prescht aus einer Seitenstraße hervor und reitet den schwarzen Block nieder. Wie zum Zeichen des Angriffs räumen die Polizisten zu Fuß die Absperrgitter auf die Seite und rücken ebenfalls vor. Die Demonstranten drehen sich nun alle um und rennen in die Richtung, aus er sie gekommen sind. Anton hat Jutta schon längst aus den Augen verloren, doch der Mob trägt ihn genau auf das Denkmal zu. Die Polizei fällt nun über die letzte Reihe der Flüchtenden her und knüppelt diese mitleidlos nieder. Die Polizei lässt schließlich etwas nach, während sich die Demonstranten auf der anderen Seite des Platzes wieder sammeln. Eine gespenstische Stille legt sich über den Platz. Staatsmacht und Pferde auf der einen Seite – Wutbürgertum auf der anderen. Dazwischen mindestens 25 Menschen, die stöhnend und blutend auf dem Boden liegen. Und mitten unter den Verwundeten, am Reiterdenkmal, Anton und Jutta. Die beiden umarmen sich. Bleiben wie festgewurzelt inmitten des ganzen Chaos stehen. Die Ruhe endet, als Feuerwerkskörper und Raketen aus den Reihen der Demonstranten abgefeuert werden. Die Demonstranten, hauptsächlich jene vom Schwarzen Block, stürmen nun wieder mit einem wütenden Brüllen auf die Polizisten zu. Diese heben Schilde und Stöcke in die Höhe. Anton und Jutta stehen in der Mitte. Beide fallen sie auf die Knie und drücken sich fest aneinander.

»Bleibst du bei mir?«

Juttas Stimme ist schön, ihre Grübchen auch.

»Ja, natürlich.«

Sie drückt ihn noch etwas fester.

Die Demonstranten stürmen weiter. Links und rechts an den beiden Knieenden vorbei.

Über ihren Köpfen fliegt ein Molotowcocktail Richtung Polizei.

Auf der Flasche steht in dicken, fetten, schwarzen Lettern:

„Danke im Namen der Gesellschaft!"

Die Eisprinzessin von

Kopenhagen

Kapitel 1

»Ich glaube sie liebt mich nicht.«

»Ich glaube sie liebt niemanden. Sie macht nicht den Eindruck als wüsste sie wie das geht.«

»Scheiße!«

»Aber warum überhaupt? Was findest du an diesem kalten Stück Frau? Ist es das Geld? Die große, alte Villa in der besten Gegend der Stadt? Ist es ihr gutes Aussehen? Sag nicht, dass es ihr Aussehen ist. Sie sieht gut aus, aber so gut auch wieder nicht.«

»Nein, das ist es alles nicht.«

»Ich versteh es einfach nicht. Erkläre es mir. Sie ist kalt wie Schnee. Ich glaube, ich habe sie noch nie lachen gesehen. Sie hat keine Familie, sie hat keine Freunde. Also warum? Was macht diese Frau den ganzen Tag? Hat sie überhaupt einen Beruf oder ein Hobby? Ständig sieht man sie nur alleine durch Parkanlagen laufen. Allein, allein, diese Frau ist immer nur allein.«

»Ja aber das bin ich doch auch!«

»Das stimmt doch gar nicht. Du hast doch mich!«

»Du weißt schon, wie ich das meine. Sie ist allein und sie kennt sich damit aus, wie es ist allein zu sein und es zu bleiben. Irgendwie macht es mich viel trauriger, dass die alleine ist, als dass ich es bin.«

»Wenn du unbedingt die Welt retten willst, spende was ans Rote Kreuz, aber zur Hölle lass diese Frau in Ruhe.«

»Ich kann nicht, wirklich nicht. Ich kriege sie nicht aus meinem Kopf raus und dabei sehe ich sie immer nur im Park.«

»Du spinnst doch! Jeder weiß, dass diese Frau keine Gefühle hat. Die ist aus Granit und du willst hier den Steinmetz spielen.«

»Es ist mir scheißegal, was jeder sagt. Es kennt sie doch keiner, aber alle zerreißen sich das Maul über sie. Ihr steckt sie einfach in eine Schublade und das war es!«

»Ja genau, es kennt sie keiner, weil sie keinen an sich ranlässt. In Kopenhagen gibt es genau eine Frau, die ohne Gefühle geboren wurde und genau in die musst du dich verlieben. Du weißt schon, dass es nicht einfach wird oder?«

»Ich lege keinen Wert darauf, dass es einfach ist. Passen muss es.«

Der erste Tag im Park.

»Entschuldigung, aber ich habe Sie schon öfter im Park gesehen.«

»Hau ab, du Spinner.«

Der zweite Tag im Park.

»Darf ich mich vielleicht neben Sie setzen?«

»Lass mich endlich in Ruhe, du Arsch!«

Der dritte Tag im Park.

»Darf ich ein Stück neben dir hergehen?«

»Zum Teufel! Von mir aus, aber wehe, du sagst auch nur ein Wort!«

Kapitel 2

»Und so habt ihr euch also kennengelernt?«

Ein leichtes Grinsen zieht sich über Isabells Lippen, doch dann blickt sie Erik vorwurfsvoll an.

»Und du Trampel hast gesagt, sie hätte keine Gefühle! Wie kann man nur so gemein sein?«

Erik lächelt, halb verlegen, halb belustigt und dann zuckt er mit den Achseln.

»Ich kannte Mathilda damals ja nicht, keiner kannte sie, aber jetzt...«.

Er öffnet die Hände und blickt zuerst Mathilda an und dann Aron. Die beiden lächeln nun ebenfalls und Mathilda legt ihre Hand auf die von Aron und drückt diese zärtlich. Zwei frisch Verliebte, wie sie das Fernsehen nicht schlimmer erfinden könnte.

Aron ist es egal, er liebt sie und sie liebt ihn. Sie sagt es ihm oft und er sagt es ihr öfter. Und dass seine Freunde, Isabell und Erik, seine große Liebe mögen, versetzt ihn in ein Hochgefühl.

»Jetzt lasst euch doch nicht alles aus der Nase ziehen! Aron, sag, wie hast du es geschafft, dass Mathilda aus ihrem Schneckenhaus herauskommt?«.

Sie blickt kurz zu der anderen Frau hinüber.

»Mathilda, nimm es mir nicht böse, aber du hast es ihm nicht gerade leicht gemacht!«

Aron lacht laut auf und nun streichelt er über Mathildas Handrücken.

»Oh Gott! Leicht war das wirklich nicht. Tagelang bin ich immer im Park neben ihr hergegangen und kaum dass ich sie auch nur angesprochen habe, hat sie mich schon böse angesehen. Aber jetzt glaubt bloß nicht, dass es ihr auch nur ein bisschen leid tut!«

»Nein, leid tut mir das wirklich nicht. Aron war so hartnäckig, egal wie sehr ich ihm auch die kalte Schulter gezeigt habe, er hat sich einfach nicht abschrecken lassen. Irgendwann war es so weit: Ich hatte einfach keine Lust mehr. Als er mich dann zum hunderttausendsten Mal fragte, ob er mich auf einen Kaffee einladen darf, habe ich ja gesagt. Eigentlich wollte ich mich dann im Café so ekelhaft benehmen, dass er nie wieder auch nur ein Wort mit mir sprechen will.«

»Tja, das hättest du wohl gerne!« sagt Aron und lacht.

»Da bin ich schon so weit gekommen, da wäre es doch lächerlich gewesen, die weiße Fahne zu hissen.«

»Wir sitzen also in diesem Café und ich merke, dass ich ihn gar nicht mehr vergraulen will. Ganz im Gegenteil: Seine Gesellschaft war so wohltuend, ich hätte ewig bei ihm sitzen können. Ich war so lange allein, dass ich gar nicht mehr gewusst habe, wie es ist, die Gesellschaft eines anderen Menschen zu genießen. Die Art wie er geredet hat, wie er mit mir geredet hat, war, als würde jemand die Tür in eine Welt öffnen, von der man gar nicht mehr wusste, dass es sie gibt. Ich begriff, dass ich nicht mehr alleine sein wollte. Oder vielmehr, dass ich nicht mehr ohne ihn sein wollte.«

»Das musst du auch nicht!«

Aron strahlt über das ganze Gesicht, dann küssen sich die beiden.

Erik und Isabell blicken sich mit gespielter Empörung an, dann lachen sie und küssen sich ebenfalls.

Kapitel 3

Der Mondschein fällt leicht ins Zimmer und wirft Schatten über Wände, Bett und die beiden Körper, die sich darin eng aneinanderschmiegen. Anfangs kann man fast nichts sehen, doch die Augen gewöhnen sich langsam an die Dunkelheit. Aron kann die genaue Form von Mathildas Lippen erkennen. Diese öffnen sich leicht, verlangend, verheißend. Seine Lippen berühren die ihren, zuerst zärtlich, dann verlangend. Mathilda erwidert seine Lust und für die Dauer dieses Kusses dreht sich der gesamte Kosmos nur um diese beiden Menschen, die einander gefunden haben.

»Ich bin so froh, dass du nie aufgegeben hast. Durch dich fühle ich mich lebendig. Du machst dir keine Vorstellung, wie es ist, so einsam zu sein, wie ich es war. Ich selbst hätte mich nie aus dieser Einsamkeit befreien können.«

»Das glaube ich nicht, Mathilda, du hast deine Einsamkeit selbst gewählt. Du hast doch jederzeit die Möglichkeit gehabt, dich wieder gegen das Alleinsein zu entscheiden.«

»Aron, du machst es dir und mir zu leicht. Ich habe mich nie gewollt dafür entschieden. Diese Entscheidung wurde mir aufgezwungen und hätte ich anders reagiert, wäre ich daran zerbrochen. Es war keine Entscheidung, es war ein Zwang.«

Mathildas Stimme ist kaum mehr als ein Flüstern, Trauer und Freude kämpfen um die Oberhand. Doch der Hauch von Unbehagen von einst durchlebtem Schmerz verschwindet so schnell wie er gekommen ist.

»Weißt du, ich hatte immer das Gefühl, das Leben würde mich verarschen. Mich einfach im Regen stehen lassen. Aber kein Mensch kann auf Dauer nur vom Regen leben. Wärst du nicht gekommen, hätte mich die Einsamkeit früher oder später in den Wahnsinn getrieben.«

Kapitel 4

Aron läuft und Erik läuft hinterher. Manchmal sind die beiden gleich schnell, aber Erik mangelt es an Kondition und so gewinnt Aron an Vorsprung. So lange, bis Aron langsamer wird und Erik wieder aufschließen kann. Dann laufen die beiden wieder nebeneinander her, bis Erik die Luft knapp wird. Würde Erik nicht so viel reden, könnte er vielleicht etwas besser mithalten, aber er fängt sofort an zu sprechen, sobald er wieder neben Aron läuft.

»Drei Monate geht das jetzt schon mit dir und Mathilda, oder?«

»Mhmmm...«

Aron läuft konzentriert weiter und Erik schnauft.

»Läuft gut bei euch beiden. Isabell ist total begeistert!«

»Ja.«

»Und schon bist du zu ihr gezogen. Platz hat sie ja genug.«

»Ja.«

»Ich gebe es ja zu, ich habe mich geirrt. Sie ist ein tolles Mädchen. Du hast recht gehabt.«

Erik atmet mittlerweile schwer. Man merkt, dass er Seitenstechen hat und jeder Schritt eine Qual für ihn ist.

»Spielt doch keine Rolle.«

»Nein Aron, das mein` ich ernst. Tut mir leid. Aber sag mal, Mathilda ist schon eine Geheimniskrämerin? Hat sie dir je gesagt, warum sie die ganze Zeit wie ein Eremit gelebt hat?«

Aron blickt zu Erik hinüber und sprintet los.

Kapitel 5

»Perfekt, der Anzug sitzt wie angegossen. Wie gefällt Ihnen die Farbe, mein Herr?«

Aron blickt sich im Spiegel an und dreht sich zuerst nach links und dann nach rechts.

Der Anzug liegt eng an und ist an den Schultern nicht zu stark gepolstert. Nicht übermächtig, aber auch nicht zu schwach, das dezente Anthrazit ist elegant und die feinen Streifen tun ihr Übriges.

Aron nickt und grinst.

»Die Farbe ist perfekt. Sehr schön.«

»Wenn man fragen darf, ist dieses besondere Gewand für einen besonderen Anlass?«

»Nicht wirklich. Ich habe nur das Gefühl, dass die Zukunft viel Gutes bringen wird. Und da sollte ein passender Anzug nicht fehlen.«

»Dann darf ich das gute Stück einpacken?«

»Ja gerne. Vielen Dank!«

Kapitel 6

Er geht den schmalen Flur entlang und öffnet die Tür. Es ist eine schöne Tür, aus schwerem Eichenholz und mit Nieten beschlagen. Die Tür ist wie das gesamte Haus oder vielmehr wie die gesamte Villa. Ein alter Adelssitz, schwer, pompös, viel altes, dunkles Holz und schwere, weiße Quadersteine. Die Tür führt in eine große Halle. Hoch, mit riesigen Glasfenstern und einem wuchtigen Kamin an der Nordfront. Rechts neben dem Kamin steht Mathilda vor ihrem neuesten Werk. Eine riesige Leinwand, mindestens drei auf vier Meter, überragt die zierliche Gestalt. Das gesamte Atelier ist mit Bildern, ob unfertig oder fertig, vollgepackt. Es müssen Dutzende sein. Leinwände voller Farben. Mal hell und verspielt und mal dunkel und beklemmend. Mathilda steht inmitten dieser ganzen Pracht. Kritisch, ja beinahe aggressiv, betrachtet sie die halbvollendete Fläche. Sie ringt mit dem Bild, sie ringt mit sich selbst und die Schwarz-, Grau- und Blautöne spiegeln ihren unnachgiebigen Blick wider.

Aron lässt die Tür nicht in das Schloss fallen, aus Angst, Mathilda aus ihrer Schaffenswut zu reißen. Sie hebt langsam den Pinsel zur Farbpalette und malt einen einzigen grau-grünen Strich auf die Leinwand. Sie tritt einen Schritt zurück, schaut und nickt leicht. Anerkennend und doch eisern.

Aron geht zu Mathilda hinüber, leise, sie bemerkt ihn noch immer nicht. Er bleibt dicht hinter ihr stehen, umarmt sie und küsst ihren Nacken. Mathilda erstarrt nur kurz, dann lässt sie ihren Kopf gegen Arons Schulter sinken. Ein wohliger Schauer überfällt ihn.

»Und wie geht die Arbeit voran?«

Mathilda schließt ihre Augen und atmet demonstrativ aus.

»Es ist ein Kampf, aber das ist es doch immer.«

»Ich bin mir sicher, es wird gut.«

Aron blickt sich in der Halle um und drückt Mathilda fester an sich.

»Genau so gut wie die anderen. Aber warum arbeitest du an so einem düsteren Motiv? Die Größe der Leinwand und die dunklen Farben wirken schon sehr bedrückend.«

»Warum sollte man immer nur schöne und fröhliche Dinge malen? Das Leben ist doch auch nicht immer nur hell und freundlich, oder?«

»Im Moment ist es das schon. So hell und freundlich war es noch nie.«

Mathilda sieht ihn forschend an.

»Doch Aron, dein Leben war schon immer gut. Du hattest immer eine Familie, die für dich da war. Immer tiefe Wurzeln, die tief in die Erde reichen.«

Sie streichelt ihm über die rechte Wange und küsst dann sanft die linke.

»Das soll jetzt nicht wie ein Vorwurf klingen. Ich bin froh, dass du so ein Leben führen konntest, aber bei mir war es eben nun einmal anders.«

»Dann erklär mir endlich, was anders war! Du redest die ganze Zeit von deiner Familie und dunklen Tagen, aber du sagst mir nie wirklich, was damals los war. Du kannst nicht loslassen, aber du kannst dich auch nicht öffnen. Ich liebe dich Mathilda, aber manchmal habe ich das Gefühl, ich kann dich nicht greifen und vor allem nicht begreifen. Dann entgleitest du mir und mauerst dich ein. Sag mir, was dir geschehen ist, sag mir, was ich für dich tun kann.«

»Du kannst nichts tun, Aron, niemand kann das. Und jetzt lass uns bitte über etwas anderes sprechen. Ich will nicht streiten.«

»Nein, Mathilda, heute nicht! Vertröste mich nicht immer. Sag mir, was dich bedrückt, gib mir die Möglichkeit dir nahe zu sein.«

»Du bist mir doch nahe! Näher als jeder andere Mensch in den letzten Jahren!«

»Aber das reicht nicht! Ich sehe doch, dass es dir nicht gut geht. Egal, was du sagst! Lass mich für dich da sein.«

»Aber mir geht es gut. Aber ich bin auch traurig. Verstehst du nicht, dass beides zur gleichen Zeit möglich ist. Du bist da für mich, das weiß ich doch. Reicht das nicht?«

»Nein, das tut es nicht!«

Mathilda schüttelt den Kopf und lässt einen tiefen Seufzer von sich.

»Also gut, du Sturkopf. Aber nur die Kurzform. Ich hab früher mit meinem Vater in Schweden gewohnt. Ich bin dort aufgewachsen, doch vor drei Jahren ist er gestorben und da bin ich nach Dänemark gegangen. Mein Vater ist nicht nur gestorben, er hat sich erhängt und ich habe ihn gefunden. Danach konnte ich nicht mehr in Stockholm bleiben, ich musste weg. Ich habe mich die letzten Jahre hier in Kopenhagen verkrochen und eingemauert. Dänisch war kein Problem, mein Opa war gebürtiger Däne und ich habe es schon als Kind gelernt. Kopenhagen war die einzige Lösung. Die Anonymität der Großstadt hilft mir. Oder warum meinst du, war ich immer so allein? Das ist meine Art mit dem zurechtzukommen, was damals geschehen ist. Und auch vor Vaters Selbstmord war es Zuhause alles andere als schön. Er war Politiker und ein Tyrann. Für ihn zählte immer nur die Partei und ich war ihm egal. Meine Mutter ist früh gestorben und so gab es nur ihn und mich. Oder besser ihn und seine Partei. Doch auch wenn er ein Arschloch war, so war er doch noch immer mein Vater.«

»Warum hat er sich umgebracht?«

»Keine Ahnung. Ehrlich, ich weiß es nicht. Ich habe mir diese Frage schon oft gestellt. Vielleicht hat er in der Partei Scheiße gebaut oder die letzten Umfragewerte waren zu schlecht. Dieser dumme Mann bringt sich um wegen irgendwelchen Parteigeschichten! Zutrauen würde ich es ihm.«

Aron geht einen Schritt näher auf Mathilda zu, die beiden stehen nun ganz dicht beieinander und Aron legt seine Arme um die junge Frau.

»Es tut mir leid, hörst du? Es tut mir so leid.«

Sie lacht ihn an und küsst seine Nasenspitze.

»Das ist schon in Ordnung, jetzt bist du ja da, um zu retten, du großer, starker Held!«

Dabei lacht sie wieder auf und die Ironie in ihren Augen bringt auch Aron zum Lachen.

»Und jetzt genug davon. Ich habe gesehen, dass du einen neuen Anzug hast. Wir sollten heute richtig teuer essen gehen und das schöne Stück einweihen. Was hältst du davon?«

Kapitel 7

Die Østre Anlæg ist eine kleine gepflegte Parkanlage im englischen Stil, an dessen Ende das Rigshospitalet liegt. Ein großes, wuchtiges Krankenhaus, alt, aber medizinisch renommiert und modern. Für Aron und Mathilda hat dieses künstliche Naherholungsgebiet gleich mehrere Bedeutungen. Die offensichtlichste ist wohl, dass sie sich dort kennengelernt haben. Aron sagt gerne, sie hätten sich im Park kennengelernt. Mathilda hingegen sagt immer, sie wurde so oft im Park überfallen, bis sie sich nicht mehr wehren konnte. Außerdem liegt das staatliche Kunstmuseum am Rande des Parks. Mathilda verbringt viel Zeit im Museum, zumindest wenn sie nicht gerade spazieren geht oder zu Hause malt.

Auch ist die Østre Anlæg ist gerade einmal fünf Minuten von Mathildas Anwesen entfernt, das im Vesterbro liegt, ein Viertel nahe dem Hafen. Normalerweise würde man ein solches Haus niemals in der Nähe einer Hafengegend erwarten, aber irgendwie haben es doch ein paar noble und extravagante Straßenzüge geschafft sich zu halten. Die

Gegend ist schön und sauber und mit dem Park und dem Museum vor der Haustür lässt es sich dort gut leben. Ganz zu schweigen von dem exklusiven Restaurant, in dem Aron und Mathilda gerade gegessen haben. Aron würde niemals von sich aus in einen solchen Laden gehen. Zu hart muss er für sein Geld arbeiten und zu wenig hat er davon, als dass es ihm Vergnügen bereiten würde es für fünf Gänge auszugeben, bei dem jeder Gang kleiner ist als der vorherige. Es ist nicht so, als wäre er arm, ganz und gar nicht, aber er muss haushalten. Der neue Anzug war eine sündhaft teure Investition, doch er bereut sie kein bisschen. Alleine für diesen Abend hat er sich schon gelohnt. Zuerst saß er ihr im Restaurant gegenüber, den Kaviar und Hummer nur achtlos kauend, so vereinnahmt war er von ihrer Gegenwart.

Und nun steht er am Rande der Eislaufbahn und blickt zu ihr hinüber. Er stützt sich am Geländer ab und fast verschlingend saugt er jede Drehung, jede Pirouette in sich ein. Auch die Eislaufbahn liegt im Vesterbro und Mathilda ist eine hervorragende Schlittschuhläuferin. Diese Eleganz, diese Beweglichkeit. Aron könnte für ewig in diesem Moment versinken. Mit roten Backen und leicht schnaufend fährt sie zu ihm hinüber.

»Lass uns nach Hause gehen. Ich habe genug. Und du, mein Lieber, kann es sein, dass du mich die ganze Zeit angestarrt hast wie ein liebeskranker Jüngling?«

Sie lacht und Aron wird zuerst rot wie eine Tomate, muss aber auch grinsen.

»Wo sollte ich denn sonst hinsehen? Immerhin bewegst du dich wie eine Prinzessin auf dem Eis.«

»Ja genau, die Eisprinzessin vom Vesterbro.«.

Wieder lacht sie laut auf, Gott, wie sehr er dieses Lachen liebt.

»Nicht nur vom Sterbro, für mich bist du die Eisprinzessin von Kopenhagen!«

Mathilda schüttelt belustigt den Kopf.

»Du liebenswerter, süßer Spinner du. Dann bring deine Prinzessin mal nach Hause. Ihre Hoheit möchte gerne duschen und das bestimmt nicht allein.«

»Ich lebe, um zu dienen, meine Majestät. Alles für die Eisprinzessin von Kopenhagen.«

Schwer zu sagen, wer von beiden ein größeres Grinsen auf den Lippen trägt.

Kapitel 8

Aron sitzt vor dem prasselnden Kamin und trinkt ein Glas Rotwein, als die Türglocke läutet. Es ist am späten Abend und Mathilda ist immer noch im Bad. Mit einem leisen Fluch auf den Lippen steht er auf und stellt das Weinglas auf dem kleinen Wohnzimmertisch ab.

Er ist auf dem Weg zur Tür, als es ein zweites Mal läutet.

»Jaja, ist ja gut! Ich komm ja schon! Herr Gott noch mal, wissen Sie eigentlich, wie spät es ist?«

Mit diesen Worten öffnet er die Tür und bleibt wie angewurzelt stehen. Vor ihm steht eine jämmerliche Gestalt: abgemagert, mit fettigen Haaren und zerschlissenen Klamotten, die viel zu dünn für den Winter sind. Der Bart ist wirr und ungepflegt, der Mann vermittelt das Bild eines typischen Landstreichers.

Doch irgendetwas an diesem Mann passt nicht in die Vorstellung eines Vagabunden. Irgendetwas ist es, das Aron die Sprache verschlägt. Der Mann tritt einen

Schritt vor und automatisch geht Aron einen zurück. Der Mann, nicht einmal sein Alter ist zu bestimmen, hebt die Hände, ganz so als wolle er sagen: »Keine Sorge ich bin unbewaffnet!«

Stattdessen:

»Ist Mathilda da?«

»Ja...äh, nein. Sie ist, äh, sie ist beschäftigt. Worum geht es denn, wenn ich fragen darf?«

Der dreckige Mann lacht leise, doch er wirkt nicht dreckig und auch als er spricht, geht seiner Stimme alles Grobe und Ungepflegte ab. Ganz im Gegenteil: Seine Stimme ist melodisch und wirkt kultiviert.

»Natürlich dürfen Sie fragen, es geht um eine Privatangelegenheit dringender Natur. Daher wäre es sehr freundlich von Ihnen, wenn Sie mich zu ihr bringen könnten.«

Was ist denn jetzt los? Aron versteht die Welt nicht mehr.

»Wie? Eine persönliche Angelegenheit? Sagen Sie mir bitte, was Sie wollen? Wenn Sie glauben, ich lasse einfach in der Nacht irgendwelche Landstreicher in mein Haus, dann haben Sie sich geschnitten.«

Der Mann jedoch lässt sich davon nicht im Geringsten aus der Ruhe bringen. Er zündet sich eine Zigarette an und grinst Aron spöttisch an.

»Ihr Haus? Ich habe gar nicht gewusst, dass Mathilda es verkauft hat oder hat sie Sie geheiratet?«

»Nein, sie ist nicht verheiratet. Ach, zum Teufel, warum sage ich Ihnen das überhaupt. Raus mit der Sprache! Was wollen Sie hier? Sagen Sie es oder ich rufe die Polizei wegen Hausfriedensbruch.«

»Das wird nicht nötig sein. Wie gesagt, eine private Angelegenheit, sozusagen eine Familiengeschichte.«

»Wie Familiengeschichte? Ich versteh überhaupt nicht, wovon Sie reden. Wer sind Sie und was haben Sie mit Mathilda zu schaffen?«

»Ich bin ihr Zwillingsbruder.«

»Ihr was?«

Ein Vorschlaghammer kracht in Arons Magen, zumindest fühlt es sich so an.

»Ihr Zwillingsbruder. Hat sie nie von mir erzählt?«

Und jetzt fällt es Aron wie Schuppen von den Augen. Dieser Mann hat die gleichen Augen wie Mathilda, die lässige Art wie er da steht, die kleinen Lachfalten, die hohe Stirn. Ohne Zweifel, Aron blickt in die männliche, verwahrloste, abgehalfterte Version Mathildas.

Aron blickt nun ganz genau in das Gesicht des Fremden. Ja er erkennt Mathilda wieder, doch zwischen den beiden liegt mindestens ein Jahrzehnt, so versoffen, gealtert und verlebt sieht der Zwillingsbruder aus.

Doch die beiden haben das gleiche Lachen und irgendwie die gleiche, schwere Traurigkeit in ihren Augen. Aron verwirft den Gedanken und schüttelt den Kopf.

»Nein, sie hat mir nie von Ihnen erzählt. Ich wusste nicht einmal, dass sie noch Familie hat, geschweige denn einen Zwillingsbruder.«

Der Mann nickt leicht und lächelt sanft.

»Das kann ich mir gut vorstellen. Wir hatten über Jahre hinweg keinen Kontakt und wie Sie sehen können, habe ich einen langen Weg hinter mir. Denken Sie, es wäre möglich...?«

»Oh ja, Entschuldigung. Bitte kommen Sie doch herein. Ich hole Mathilda sofort.«

Aron geleitet den Mann in das Haus, verschließt die Tür und blickt bedauernd zu dem neuen Gast hinüber.

»Es tut mir leid. Hätte ich gewusst, wer Sie sind, wäre ich nicht so unfreundlich gewesen.«

»Machen Sie sich keine Gedanken, so wie ich aussehen muss, hätte ich an Ihrer Stelle auch nicht anders reagiert.«

Plötzlich hört man Schritte auf der großen Treppe und Mathilda kommt mit einem Glas Rotwein herunter.

»Mit wem unterhältst du dich Aron? Haben wir etwa einen Gast?«

Sie hat das Ende der Treppe erreicht und Aron tritt einen Schritt zurück und deutet auf den Zwillingsbruder. Doch dieser ist schneller als Aron.

»Hallo Mathilda.«

»Marcus!«

Mathildas Augen weiten sich vor Schreck, dann lässt sie ihr Weinglas fallen.

Kapitel 9

Man kann die Luft fast schneiden, so angespannt ist die Stimmung in dem großen Wohnzimmer. Marcus sitzt am Esstisch, genau gegenüber von Mathilda. Diese lässt ihn für keine Sekunde aus den Augen. Es ist ihr förmlich anzusehen, wie ihre Gedanken nur so dahinrasen. Marcus hingegen scheint das alles nicht besonders zu stören. Ab und zu trinkt er einen Schluck von seinem Wasser und blickt sich ansonsten interessiert in dem geräumigen Zimmer um. Aron steht wie verloren neben dem Kamin und hat keine Ahnung, was hier gerade gespielt wird.

»Sag schon Marcus, was willst du hier?«

»Ich wollte dich mal wieder sehen Mathilda. Immerhin bist du das Letzte, was mir an Familie noch geblieben ist.«

Mathilda schnaubt und ihre Lippen formen sich zu einem hässlichen Grinsen. Aron ist schockiert, als er sie so sieht. Nie hätte er gedacht, eine solche Abscheu in ihren Augen zu entdecken. Doch es ist nicht nur Abscheu, da ist noch etwas anderes. Etwas Boshaftes.

»Ja klar, Marcus! Ich glaube dir aufs Wort!«

Dieser zuckt nur leicht mit den Achseln und lächelt Aron dann freundlich an.

»Aron, würde es dir etwas ausmachen, uns kurz alleine zu lassen? Ich denke, Mathilda und ich haben einiges zu bereden.«

Natürlich macht es ihm etwas aus. Diese ganze verdammte Situation macht ihm etwas aus und das Schlimmste ist, dass er nicht weiß, wie er jetzt reagieren soll. Hilfesuchend blickt er Mathilda an und diese nickt ihm nur leicht zu.

»Ist schon in Ordnung Aron. Geh schon mal ins Bett, ich komme gleich nach.«

»Na dann.«

Aron geht zur Tür und wünscht Marcus eine gute Nacht, dann geht er die Treppe hinauf. Er ist sauer, richtig sauer. Er wurde von den beiden ins Bett geschickt, wie ein kleiner Schuljunge, der etwas ausgefressen hat. Doch was hätte er machen sollen? Bleiben? Wenn das eine Familiengeschichte ist, geht sie ihn ja wirklich nichts an. Ja, er ist nicht nur wütend auf die beiden, er ist auch wütend auf sich selbst, weil er sich so unbeholfen und so abgrundtief dämlich fühlt.

Zornig geht er ins Bett und findet keinen Schlaf, bis Mathilda drei Stunden später auftaucht.

Kapitel 10

»Es tut mir leid, dass du das mitbekommen hast.«

Aron liegt im Bett, während Mathilda sich auszieht und ihr Nachthemd aus der Kommode holt.

»Mathilda, was war das gerade? Ich habe nicht einmal gewusst, dass du einen Bruder hast. Warum hast du mir nie von ihm erzählt?«

Mathilda bleibt mitten im Zimmer stehen, nackt, mit dem Nachthemd in der Hand.

Sie wartet noch einen Augenblick, überlegt, streift sich dann das Nachthemd über und setzt sich auf das Bett.

»Ich wusste nicht, wie. Die Erinnerungen an ihn sind keine schönen. Nachdem sich mein Vater umgebracht hat, ist Marcus durchgedreht. Er hat jeden Halt verloren und sein Leben vollkommen gegen die Wand gefahren. Drogen, Alkohol, Gefängnis. Ich habe nicht damit gerechnet, ihn noch einmal zu sehen.«

Mit Daumen und Zeigefinger massiert er seine geschlossenen Augen, er fühlt sich müde. Richtig müde.

»Wie geht es dir jetzt, Mathilda?«

»Ich weiß nicht. Wie soll es einem denn gehen, wenn der eigene Bruder, den man nie mehr sehen wollte, einfach vor der Tür steht.«

»Was wollen wir jetzt machen?«

»Wir? Mein Bruder ist mein Problem. Ich werde schon fertig mit ihm. Mach dir keine Gedanken.«

»Hey, ich bin für dich da, egal was kommt. Nur ein Wort von deinen Lippen und ich schmeiß ihn eigenhändig raus.«

»Soweit wird es nicht kommen. Er hat gesagt, er bleibt ein paar Tage hier und dann zieht er weiter. Keine Ahnung wohin, ist mir auch egal.«

»Ja, und was will er denn eigentlich von dir? Ich meine, er taucht jetzt einfach auf, und weiter?«

»Er beharrt immer noch darauf, dass er mich nur besuchen will, um die ganze Geschichte wieder ins Reine zu bringen. Er hat damals ziemlich viele Dinge gesagt und getan, die mich sehr verletzt haben, auch schon vor Vaters Tod. Vielleicht hat er sich geändert. Aber um ehrlich zu sein, ich denke, es geht ihm nur um Geld. Noch ein oder zwei Tage und er wird mich danach fragen, da bin ich mir sicher.«

»Aber du wirst ihm kein Geld geben, oder? Das hört sich ja fast nach Erpressung an, irgendwie zumindest.«

»Ich habe keine Ahnung, was ich machen werde. Und Aron, glaub ihm bitte nicht alles, was er sagt. Er sagt zwar, dass er zurzeit clean ist, aber ich vertraue ihm keinen Meter weit. Er hatte schon immer eine prächtige Phantasie und wusste Leute zu beeinflussen. Keine Ahnung was er dir erzählt, auch über mich. Hör einfach nicht hin.«

Mathilda legt ihren Kopf an Arons Schulter und er nimmt sie in seine Arme, mit der anderen Hand macht er das Licht aus.

»Ich werde vorsichtig sein, versprochen. Die paar Tage kriegen wir schon über die Bühne. Wäre doch gelacht und zur Not schmeiß ich ihn halt doch noch raus.«

Kapitel 11

Auch wenn ihr Bruder hier ist, so will sich Mathilda doch nicht von seiner Gegenwart einschränken lassen. Aron versteht das und so ist Mathilda, wie so oft, in der Früh zum Eislaufen gegangen. Aron betritt die Küche und dort sitzt Marcus vor einer dampfenden Tasse Tee. Die Dusche und die Rasur haben ihm gut getan und er hat einige von Arons Klamotten an, die ihm nur ein wenig zu klein sind. Ja, er sieht wirklich fast wieder wie ein Mensch aus.

»Guten Morgen, Aron«.

»Morgen.«

»Willst du einen Tee? Das Wasser ist noch heiß.«

»Nein danke.«

Aron setzt sich ebenfalls an den Tisch und blickt Marcus böse an. Das Herz schlägt ihm bis zum Hals, aber er zwingt sich, kein Zeichen der Unsicherheit zu zeigen.

»Mathilda war gestern ganz aufgeregt, nachdem du gekommen bist. Ich warne dich, wenn du hier irgendeine krumme Tour abziehst, bekommst du es mit mir zu tun. Verstehst du mich?«

Nicht die stärkste Ansprache aller Zeiten, aber auch nicht zu schlecht. Aron blickt Marcus weiterhin böse an, doch dieser lächelt nur leicht. Wie gerne würde Aron ihm dieses Grinsen einfach aus dem Gesicht schlagen.

»Ja, ich wette, unsere Mathilda war ganz aufgeregt. Aber Aron, du musst mir hier nicht drohen, wenn ich hier vor einem Menschen Angst habe, dann vor meiner Schwester und nicht vor dir. Nichts für ungut.«

»Spar dir deinen Mist! Alles, was ich will, ist, dass es Mathilda gut geht. Und ich habe das Gefühl, dass du zum Problem wirst.«

»Das will ich doch mal schwer hoffen. Aber ich werde kein Problem für dich, denn ich denke, du wirst selbst bald jede Menge Probleme haben.«

»Jetzt reicht es mir aber. Du kommst hierher und bedrohst mich? Du? Ein abgefuckter Junkie?«

»Nein, ich drohe dir nicht. Ich sage nur, was passieren wird. Du hast dich mit dem falschen Mädchen eingelassen. So einfach ist das.«

Aron steht auf, wütend, und mit erhobenem Zeigefinger geht er ganz langsam auf Marcus zu.

»Ich gebe einen Scheiß auf das, was du sagst. Mathilda hat mich gewarnt, dass du versuchen würdest, uns gegeneinander auszuspielen. Tut mir leid, aber daraus wird nichts! Also tu uns einfach allen einen Gefallen und verschwinde einfach!«

Damit dreht er sich um und geht. Als er schon bei der Tür ist, wird er von Marcus noch einmal zurückgerufen.

»Sie wird dir alles nehmen, was du hast. So, wie sie mir alles genommen hat. So, wie sie unserem Vater alles genommen hat und als er nichts mehr hatte, hat sie ihm auch noch das Leben genommen.«

»Wovon zur Hölle redest du da? Euer Vater hat sich umgebracht, das war kein Mord!«

Marcus schnaubt verächtlich auf und erhebt sich ebenfalls.

»Keiner, wirklich keiner bringt sich grundlos um. Meine Schwester ist gefährlich und sie ist böse. Das war nicht immer so, nur nach Mutters Tod war Mathilda nicht mehr dieselbe. Wenn du nur etwas Verstand hast, machst du dich aus dem Staub, bevor es zu spät ist. Dieser Frau bist du nicht gewachsen, niemand ist dieser Frau gewachsen.«

Damit geht er aus dem Zimmer und Aron bleibt ratlos zurück.

Kapitel 12

Erster Rückblick Stockholm

Marcus saß in seinem großen Sessel und rauchte, während er Mathilda beobachtete. Rauch stieg regelmäßig aus Mund und Nasenlöchern auf und der Aschenbecher war wie immer bis zum Rand gefüllt. Schließlich legte Mathilda die alten vergilbten Blätter aus der Hand und blickte ihren Bruder an.

»Und das stimmt alles? Alles was da drin steht, ist so passiert?«

»Schau dir die Unterschriften, Siegel und Stempel an.«

»Glaubst du, Gottfried weiß davon?«

»Nenne ihn nicht so Mathilda, er ist immer noch unser Vater!«

»Egal! Also glaubst du, er weiß davon oder nicht?«

»Er muss es wissen. Ein Teil der Unterlagen war in seinem Safe. Ich habe sie entdeckt, als ich ihm bei der Wahlkampfvorbereitung geholfen habe.«

»Weißt du was das bedeutet? Wenn er es all die Jahre gewusst hat, bedeutet das, dass er Opas Verbrechen Jahrzehnte lang unter den Teppich gekehrt hat!«

»Ja, das heißt es und ich sehe nur einen Weg, wie wir damit umgehen. Wir müssen Vater vor die Wahl stellen, entweder er macht es publik oder wir tun es. Das ganze Geld, einfach alles muss wieder zurück.«

Mathilda lachte, doch es war kein gutes Lachen. Irgendwie boshaft.

»Das ist das Ende für das Arschloch! Das überlebt er politisch nicht. Seine Karriere ist zu Ende und das ein paar Monate vor der Wahl zum Bürgermeister!«

»Mathilda! Verdammt! Es geht hier nicht um Rache. Es geht um dieses himmelschreiende Unrecht, das unsere Familie auf sich geladen hat. Alles, ja wirklich alles ist von diesem verdammten Blutgeld bezahlt.«

»Natürlich geht es um Rache! Mutter ist im Krankenhaus gestorben und er war nicht einmal da, weil er Wahlkampf gemacht hat. So wie er die letzten zwei Jahre nie für sie da war. Seine Partei war ihm wichtiger als seine sterbende Frau!«

»Ich weiß, ich weiß. Sei zufrieden, politisch geht er ja vor die Hunde, aber das Geld geben wir zurück. Bis auf den letzten Cent. Es geht hier um Wiedergutmachung!«

»Marcus, sei doch nicht dumm. Wir haben Vater in der Hand. Und dieses „Unrecht" ist jetzt 70 Jahre her. Es kräht kein Hahn mehr nach Vaters Geld. Aber er hat uns Mutter genommen und daher will ich ihm alles nehmen, was er hat! Ich will sein Geld, ich will seine Häuser. Ich will seinen politischen Tod. Er hat uns alles genommen und genau das machen wir jetzt auch!«

»Mathilda, hörst du dich eigentlich selber reden. Weißt du, was du da sagst?«

»Ich weiß genau, was ich sage und ich meine es genau so, wie ich es sage. Marcus ich liebe dich, du bist das Einzige, das ich noch habe. Aber du musst dich entscheiden. Für mich oder für Vater!«

»Was redest du da? Ich will nur das Geld zurückgeben und diese Schuld von unseren Händen waschen!«

»Welche Schuld? Großvater hat das Geld genommen und Gottfried hat es ausgegeben. Wir haben keine Schuld!«

»Wir leben seit mehr als 20 Jahren von diesem Geld und das nicht schlecht, du und ich!«

»Und wir werden noch die nächsten Jahrzehnte davon leben!«

»Du bist verrückt. Ich rede mit Vater, wenn er übermorgen wiederkommt und dann sage ich ihm was los ist. Ich hoffe, bis dahin kommst du zur Vernunft!«

Marcus steht auf und geht aus dem Zimmer. Mathilde schaut mit leerem Blick aus dem Fenster. Es ist schade, aber sie weiß genau, was zu tun ist. Es tut ihr leid, wirklich leid. Fast zerreißt es ihr das Herz. Aber ohne Opfer geht es anscheinend nicht.

Kapitel 13

Aron ist mittelmäßig. Er weiß das. Er war ein mittelmäßiger Sportler, schon in der Schule, genauso wie er ein mittelmäßiger Schüler war. Er hat einen mittelmäßig bezahlten Beruf als Sachbearbeiter in einem mittelständischen Unternehmen und bevor er zu Mathilda gezogen ist, hatte er in einer Vorstadt von Kopenhagen gewohnt. Er fährt einen Mittelklassewagen mit mittelmäßigen CO_2-Werten. Aron könnte wirklich jeder durchschnittliche Mensch sein, doch nicht jeder durchschnittliche Mensch kann wie Aron sein. Denn all diesen anderen Menschen fehlt etwas, das nur er hat. Er hat Mathilda und der Teufel soll ihn holen, wenn er sich das kaputtmachen lässt.

Wegen seiner Unscheinbarkeit wird Aron des Öfteren unterschätzt, manchmal von Erik (obwohl dieser selbst kaum besser ist) und sogar manchmal von Mathilda. Doch damit ist jetzt Schluss, das hat er sich geschworen. Wieder sieht er ihr beim Eislaufen zu, doch dieses Mal kann er sich nicht auf ihre Anmut konzentrieren, zu gefangen ist er in seinen Gedanken.

Als sie ihn schließlich bemerkt, fährt sie zu ihm hinüber, lacht und gibt ihm einen Kuss.

»Aron, ich wusste ja gar nicht, dass du kommst. Du hättest anrufen können, dann hätte ich eher aufgehört.«

» Ist schon in Ordnung. Ich wollte dich nicht stören, aber ich bin wegen deinem Bruder hier. Er hat ein paar komische Sachen gesagt und die bekomme ich einfach nicht aus meinem Kopf.«

Mathilda drückt Arons Hand, lässt sie dann aber wieder los.

»Verdammt, ich wusste es. Früher oder später fängt er an. Also gut, was genau hat er dir erzählt?«

»Sei mir bitte nicht böse, dass ich das jetzt einfach so sage, aber ich muss diese bescheuerten Gedanken aus meinem Kopf bekommen.«

»Jetzt rück schon raus mit der Sprache. Sag mir, was er dir erzählt hat!«

»Er hat gesagt, dass du gefährlich bist, dass du mir alles wegnehmen wirst und dass du euren Vater auf dem Gewissen hast.«

Mathilda sieht Aron eindringlich an, sie lässt ihn für keine Sekunde aus den Augen und als er geendet hat, streichelt sie ihm sanft über die Wange.

»Vertraust du mir Aron?«

»Ich liebe dich! Das weißt du ganz genau!«

»Das ist nicht das gleiche wie vertrauen Aron. Also vertraust du mir?«

Aron schluckt.

»Ja, ich vertraue dir. Aber ich weiß so vieles nicht von dir.«

»Das braucht Zeit Aron.«

»Ja, aber wieviel Zeit? Verdammt noch mal, ich wusste nicht einmal, dass du einen Bruder hast.«

»Es wäre auch kein Verlust, wenn ich ihn nicht hätte. Aber ok, ich verstehe, worum es dir geht. Wollen wir uns irgendwo ins Warme setzen und reden?«

»Nein, hier ist so gut wie überall sonst.«

»In Ordnung, dann lass mich noch schnell die Schuhe wechseln und dann gehen wir im Park spazieren und reden. Ist das gut so für dich?«

Aron lächelt und nickt.

»Ja, das ist gut. Danke, Mathilda.«

So gehen die beiden durch den Park, die Mittagssonne scheint, doch es ist frisch, nordisches Wetter von seiner besten Seite.

»Also, was willst du wissen?«

»Was meint Marcus damit, dass du eurem Vater alles weggenommen hast, genauso wie ihm?«

»Vater hatte Marcus enterbt. Marcus war für ein paar Monate im Gefängnis wegen Drogenbesitz. Vater hat sich so sehr für ihn geschämt und sah seine politische Karriere dadurch bedroht. Da hat er ihn aus dem Testament streichen lassen. Marcus wusste davon nichts, genauso wenig wie ich. Die Sache kam erst bei der Testamentseröffnung raus. Marcus tobte und gab mir dafür die Schuld. Ich hätte unseren Vater unter Druck gesetzt, erpresst oder wie er es nannte.«

»Wie hättest du das denn machen sollen?«

Aron war erschüttert von dem, was er hier hörte. Mathilda hingegen lachte leise.

»Keine Ahnung. Ich war ein junges Ding. Gerade erst mit meinem Studium an der Kunsthochschule in Stockholm fertig. Selbst wenn ich gewollt hätte, mein Vater, der Politiker hätte sich nie von einem kleinen Mädchen einschüchtern lassen. Und wozu überhaupt? Er war ein Arschloch, aber ich hätte ihn doch nicht ändern können.«

»Und wie genau ging es nach dem Tod eures Vaters weiter?«

»Marcus verlor jeden Halt und flüchtete vor der Realität. Seine Anschuldigungen wurden immer schlimmer, sein Drogenmissbrauch heftiger. Er verlor zunehmend die Kontrolle, bis er mich eines Nachts sogar umbringen wollte.«

»Du bist doch zur Polizei gegangen, oder?«

Aron war fassungslos angesichts dieser dramatischen Geschichte. Allein bei dem Gedanken, was für ein Mensch bei ihnen im Haus war, drehte sich ihm der Magen um.

»Ich wollte. Aber dann war er schon weg. Von einem Tag auf den anderen, einfach verschwunden.«

»Und dann?«

»Den Rest kennst du schon. Vater hinterließ mir Großvaters altes Haus in Kopenhagen und ich bin hierher gezogen, um diesem ganzen Albtraum zu entkommen. Drei Jahre ist das jetzt her.«

Die Ader an Arons Schläfe pocht wie verrückt und genau so fühlt er sich auch. Verrückt vor Wut.

»Ich mach das Arschloch fertig!«

»Aron warte!«

»Nein! Er hat versucht dich umzubringen! Dafür ist er dran. Er wandert in den Knast!«

»Aron bitte, das ist mein Problem. Und ich will mit der Polizei nichts zu tun haben. Verstehst du? Versprich mir, dass du mich das regeln lässt.«

»Aber...«

»Kein aber und keine Polizei!«

»Dann schmeiß ich ihn raus und wenn er draußen in der Winternacht erfriert, soll es mir nur recht sein!«

»Aron ich kann ihn nicht wegschicken.«

»Wie, du kannst nicht? Natürlich kannst du!«

»Ich brauche ihn noch. Marcus und ich müssen noch etwas klären. Etwas Privates. Tut mir leid, Aron, aber zunächst wird er bei uns bleiben. Und bitte sei nett zu ihm.«

Und schon wieder fühlte sich Aron wie der letzte Idiot.

Kapitel 14

Die Bar ist klein und stickig. Es wird geraucht und getrunken. Die Stimmung ist schlecht oder wohl eher normal. In solchen Schuppen ist die Stimmung meistens nie gut und das Publikum eine Mischung aus verzweifelten und verkrachten Existenzen oder jenen, die auf dem besten Weg sind, eine solche zu werden.

Erik ist das egal. Er liebt seinen Laden. Er liebt seine Kundschaft, auch wenn ein gewisser Teil im Gefängnis saß oder sitzt, während der andere auf den Befund der Leberzirrhose wartet.

Aber was soll man machen? Seine Vorlieben kann man sich halt manchmal nicht aussuchen und wenn die Versuchungen zu groß sind, sollte man ihnen am besten nachgeben, anstatt sie zu unterdrücken. Das war zumindest seine Meinung und genau wegen dieser Meinung goss er sich noch einmal großzügig nach. Der bernsteinfarbene Whiskey glänzte verlockend. Natürlich hätte er den sündhaft teuren Single Malt mehr genossen, wenn er nicht gehört hätte, was Aron ihm da gerade erzählt hatte. Dieser Marcus musste ja wirklich ein Teufel von einem Kerl sein, klar dass er nach so einer Geschichte einen guten Tropfen brauchte. Oder wohl lieber gleich einen zu viel, als einen zu wenig.

»Und er hat echt versucht sie umzubringen?«

»Sieht ganz so aus. Mathilda hat mir nie Einzelheiten erzählt. Verständlich, ich würde auch nicht gerne drüber reden wollen, wenn mein eigener Bruder versucht hätte, mich unter die Erde zu bringen.«

»Aron, du hast gar keinen Bruder!«

»Darum geht's doch gar nicht! Das Schlimmste an der ganzen Scheiße ist, dass ich nicht einmal etwas dagegen machen kann. Mathilda verbietet es mir und ich habe keine Ahnung warum.«

Vielleicht ist es der Alkohol, vielleicht die verzweifelte Stimmung in seiner Kneipe oder alles zusammen, aber Erik wird unglaublich wütend auf diesen Marcus. Am liebsten würde er ihm den Schädel einschlagen, hier und jetzt. Er beschließt etwas zu tun. Ja er musste etwas tun, das war er Aron schuldig.

»Pass auf Aron, ich weiß genau was wir machen. Ich jag diesem verdammten Arschloch richtig Angst ein. Du wirst schon sehen, übermorgen ist der weg.«

»Und wie bitte schön willst du das anstellen?«

»Na wie wohl, ich geh zu ihm hin und sag, wenn er sich nicht verpisst, breche ich ihm alle Knochen im Leib. Ich bin vielleicht nicht so ein guter Läufer wie du, aber eine gute Abreibung kriege ich immer noch zustande. Und wegen Mathilda musst du dir keine Sorgen machen. Ich bin dann der Bösewicht und nicht du!«

»Wenn das mal gut geht. Aber verdammt noch mal, ich hab keine bessere Idee. Ich weiß nur eins, dieser Mann muss weg. Der bringt nichts Gutes mit sich.«

»Gut. Morgen in der Früh gibst du mir Bescheid, sobald Mathilda außer Haus ist und ich statte diesem Kerl einen Besuch ab. Du musst nicht im Haus sein, ich krieg das ganz gut allein hin. Vertrau mir. Damit wäre das geregelt.«

Eine Zeitlang starren die beiden in ihre Gläser, dann schenkt Erik nach und blickt zu Aron auf.

»Du, Aron. Ich muss dich noch um einen Gefallen bitten. Nichts Aufregendes. Morgen Nachmittag fahr ich mit dem Zug nach Herning zur jährlichen Lebensmittelmesse. Klar, es ist eine Messe von Fachleuten für Fachleute, aber eigentlich geht es nur darum, sich mit den alten Kollegen zu treffen und zu saufen, du weißt ja wie das läuft. Ich komme übermorgen Abend wieder, aber unser Auto ist in der Werkstatt, jetzt wollte ich dich fragen, ob sich Isabell eures leihen kann, um mich vom Bahnhof abzuholen.«

»Klar, kein Ding. Soll sie halt übermorgen vorbeikommen und ich geb ihr die Schlüssel. Aber sag mal, warum nimmst du nicht einfach ein Taxi?«

»Du weißt doch wie Isabell ist. Sie und ihre verrückten Gewohnheiten. Sobald ich auch nur einen Tag unterwegs bin, will sie mich immer abholen und mich ausquetschen wie es war. Manchmal hätte ich auch einfach gerne meine Ruhe. Frauen!«

»Ach Erik, du machst das schon.«

Aron grinst und Erik grinst auch.

»Ich pack`s dann mal. Dir viel Spaß auf der Messe. Sag Isabell, sie soll mich anrufen, wann sie übermorgen vorbeikommt. Und danke...du weißt schon...«

»Ist doch Ehrensache! Ich regle das, wirst schon sehen. Und jetzt mach, dass du rauskommst.«

Kapitel 15

Zweiter Rückblick Stockholm

Als Gottfried zwei Tage später von seiner Reise nach Hause kommt und die Polizei antrifft, tobt er. Er schreit und wütet. All seine Autorität als Politiker bringt er zur Geltung, aber es nützt nichts. Der Durchsuchungsbefehl ist eindeutig und nicht verhandelbar. Natürlich wittert er einen Komplott, ist der Amtsleiter des städtischen Verwaltungsgerichtes doch einer seiner schlimmsten Widersacher im Stadtparlament. Bestimmt hatte dieser korrupte Hurensohn irgendetwas zusammengesponnen, um ihm ein Messer in den Rücken zu rammen. Hätte er gewusst, dass Mathilda dieses Messer zur Verfügung gestellt hat, er hätte sie in diesem Moment vielleicht eigenhändig erwürgt. Das Messer, 50 g Kokain, liegen sauber verpackt unter einem Dielenbrett in Marcus' Zimmer.

Eigentlich war es schon zu einfach gewesen. Durch Mathildas Künstlerkreis in der Universität kann sie praktisch alles an Rauschmitteln besorgen, was es für Geld zu kaufen gibt. Sie musste nur noch die Drogen unter dem losen Bodenteil in Marcus' Zimmer verstecken und eben jenen Amtsgerichtsleiter anrufen.

Jetzt stehen zwei grimmig aussehende Beamte für Suchtmittelmissbrauch in ihrem Wohnzimmer und legen Marcus Handschellen an. Doch wo der Vater brüllt und zürnt, ist Marcus schockiert und entsetzt, aber vor allem stumm. Er sieht zuerst seinen Vater an, schüttelt den Kopf und dann blickt er zu Mathilda hinüber. Er weiß es und sie weiß, dass er es weiß. Wie sie so in die Augen ihres Bruders blickt, spürt sie, wie etwas in ihr zerbricht. Sie hat ihn verraten und schon will sie aufschreien. Alles zugeben, ihren Bruder befreien.... Doch auch sie bleibt stumm und sagt kein Wort. Alleine diese Trauer in seinem Blick lässt ihr Herz fast zum Stillstand kommen. Endlich führen die Polizisten Marcus hinaus und die Tür fällt ins Schloss.

Der Vater sitzt nun ebenfalls erschüttert auf dem großen Sofa und seine ersten Worte sind:

»Mein Gott, wenn das die Medien mitbekommen, bin ich erledigt.«

Hätte er sich Sorgen um ihren Bruder gemacht, hätte er geschworen, alles zu tun, um ihm zu helfen, wäre er sofort zum Telefon gerannt und hätte seinen Anwalt angerufen. Wäre er nur einmal ein Vater gewesen und kein Politiker. Mathilda hätte es nicht ausgehalten, sie wäre zusammengebrochen und hätte ihm die schlimme Tat gebeichtet.

Doch nun, nach diesen Worten, bäumt sich in ihr ein so großer Hass auf, wie sie es selbst nicht für möglich gehalten hätte.

Sie schwört sich ein für allemal:

»Du Schwein von einem Mann, ich mach dich fertig und wenn ich dafür unsere ganze Familie zerstören muss!«

Mathilda ist vormittags beim Eislaufen und Aron ist in der Arbeit. Erik hingegen steht vor Mathildas Haus. Einmal, zweimal, dreimal klingelt er, dann endlich wird die Tür geöffnet. Ein hagerer, verlebter Mann mit traurigen Augen blickt ihn forschend an.

»Ja bitte?«

»Bist du Marcus?«

»Wer will das wissen?«

Erik wartet nicht länger, er geht auf Marcus zu und schubst ihn in den Eingangsbereich des Hauses. Rasch setzt er nach und macht die Haustür zu. Jetzt gibt es nur ihn und diesen Mistkerl.

»Verdammt was soll das? Was wollen Sie?«

Erik ist kräftiger als Marcus, er ist größer als Marcus und bedrohlicher ist er auch.

»Du hältst deine Fresse und hörst mir zu. Verstanden?«

»Mathilda hat dich geschickt, nicht wahr? Ich hab sie in die Ecke gedrängt und jetzt will sie es zu Ende bringen.«

Jetzt ist es an Erik fragend aufzusehen.

»Wovon zur Hölle redest du, Mann?«

»Du bist doch hier, um mich umzubringen oder nicht?«

»So ein Scheiß! Umbringen werde ich dich nicht, aber ich schwöre dir: Ich breche dir alle Knochen, wenn du nicht sofort verschwindest!«

Marcus dreht sich einfach um und geht Richtung Wohnzimmer. Erik blickt ihm verblüfft nach.

»Hey, du Arschloch! Ich rede mir dir!«

»Dann rede im Wohnzimmer mit mir, dort ist es gemütlicher!«

Marcus macht es sich auf der Couch bequem und sieht zu Erik hinauf, der sichtlich verwirrt ist. Imposante Menschen wie Erik sind es nicht gewohnt so achtlos behandelt zu werden.

Jetzt zündet sich Marcus zu allem Überfluss auch noch demonstrativ eine Zigarette an. Da reicht es Erik: seine Faust landet mit einem satten Klatschen wuchtiger Befriedung in Marcus Gesicht. Dessen Kopf wird zurück geschleudert und er spuckt Blut auf den weißen Teppich. Langsam hebt er den Kopf und blickt Erik starr ins Auge.

»Los mach schon. Schlag mich tot. Hier und jetzt. Macht doch keinen Unterschied! Du kannst mir nicht drohen. Mathilda hat mein Leben schon vor langer Zeit zerstört.«

»Hör endlich auf mit dieser Mathildascheiße. Verschwinde und keiner tut dir weh!«

»Du verstehst es nicht, oder? Ich werde nicht verschwinden, ich kann nicht. Also entweder du bringst mich jetzt um oder du lässt es. Geh zurück zu Mathilda und sag ihr, sie soll die Drecksarbeit selbst machen. Darin hat sie ja mächtig Übung! Und noch eins, sag ihr auch, dass ich dieses Mal vorbereitet bin, ich werde ihr es nicht mehr so leichtmachen wie beim letzten Mal. Sie wird bezahlen, sag ihr das!«

Erik geht einen Schritt zurück. Er hat keine Ahnung, was er jetzt machen soll, noch mal zuschlagen? Und wovon redet dieser Spinner überhaupt? Langsam, ganz langsam geht er einen Schritt nach dem anderen zurück, bis er bei der Türe ist.

»Ich komme die nächsten Tage noch mal vorbei, um zu sehen, ob du weg bist und wehe wenn nicht....«

Kraftlos klingt diese Drohung, mehr wie ein schlechter Witz. Marcus steht genau so langsam auf und geht Erik hinterher.

»Vergiss nicht, was du ihr sagen sollst. Und noch was, halt dich da raus. Ich will keinem andern außer ihr weh tun. Aber diesmal gibt es keine Kompromisse. Zur Not mache ich auch dich fertig, wenn du mir noch mal in die Quere kommst.«

Erik ist bei der Haustüre und stolpert fast hinaus. Schnellen Schrittes geht er die Treppen hinunter, raus auf die Straße. Er versteht nicht, was hier gerade geschehen ist. Er begreift nicht, welches Spiel hier gerade gespielt wurde, aber eines ist klar: Er hat verloren und er weiß nicht einmal wie hoch der Einsatz war.

Kapitel 17

Dritter Rückblick Stockholm

Marcus ist nun seit drei Wochen im Gefängnis und Mathilda hat bisher nichts unternommen. Muss sie auch nicht. Der Amtsleiter hat, wie vermutet, die Medien auf die richtige Fährte gelockt. Gottfried ist von allen Seiten der Häme und der Kritik ausgesetzt. Wie will dieser große Mann denn eine ganze Stadt lenken, wenn er schon bei seiner eigenen Brut versagt? Die erste Woche hatte Gottfried noch ständig wütend in das Telefon gebrüllt. In der zweiten Woche hat er seine Wut an Mathilda ausgelassen, doch sie hat es stumm hingenommen und nichts gesagt. In der dritten Woche, dieser Woche, brütet er nur noch still vor sich hin. Er ist am Boden zerstört und nervlich am Ende. Genau der richtige Zeitpunkt ihm den Gnadenschuss zu geben.

Gottfried sitzt vor einer dampfenden Tasse Kaffee und starrt ins Leere, als Mathilda einen Stapel Papiere vor ihm auf den Tisch knallt.

»Was ist das, Mathilda.«

»Großvaters Unterlagen.«

»Was? Wo hast du die denn her?«

»Marcus hat sie mir gegeben und ich werde sie den Medien geben.«

»Wovon redest du da, Mathilda? Ich bin gerade nicht zu Späßen aufgelegt. Dein Bruder ist im Knast und meine politische Karriere steht auf Messers Schneide. Ich kann froh sein, wenn ich diesen Skandal überstehe!«

»Deine politische Karriere ist vorbei, Gottfried. Entweder du trittst freiwillig zurück oder die Medien erledigen den Rest. Deine Parteifreunde werden dich fallen lassen wie eine heiße Kartoffel. Such es dir aus.«

»Was ist bloß in dich gefahren? Willst du mich erpressen? Was soll das?«

Er steht auf und geht einen Schritt auf Mathilda zu, während er die Dokumente an sich nimmt.

»Hast du gelesen, was darin steht?«

»Hab ich.«

»Und verstehst du?«

»Ja, ich verstehe!«

»Dann musst du doch begreifen, was das bedeutet. Wenn das irgendwer mitbekommt, ist unsere ganze

Familie, unser Vermögen, unsere Immobilien, alles ist verloren!«

»Das einzige, was ich weiß ist, dass du eine verdammte Nazisau bist, genau wie Opa! Weil du nie etwas dagegen unternommen hast, obwohl du es wusstest.«

»Opa war genauso wenig ein Nazi wie ich es bin. Er war damals in Kopenhagen in der Verwaltung eingesetzt und hat sich bereichert. Aber er hatte nie etwas mit ihrer Ideologie oder ihren Wertvorstellungen am Hut!«

»Wertvorstellungen, dass ich nicht lache. Die haben Juden, Kommunisten und Verräter deportiert und Opa hat sich an ihren Konten vergriffen und ihr Vermögen die eigene Taschen vollgestopft, weil jeder einzelne Fall über seinen Schreibtisch wanderte. Und du! Du hast gewusst, woher unser Wohlstand kommt und hast deine ganze politische Karriere auf diesem Blutgeld aufgebaut.«

»Was hätte ich denn machen sollen. Als ich es erfuhr, war ich schon in der Politik, hätte ich das Geld und alles zurückgegeben, hätte ich alles vergessen können! Opa ist nach dem Ende des Zweiten Weltkrieges extra nach Schweden ausgewandert, um nichts mehr mit dieser schlimmen Zeit zu tun zu haben.«

»Er ist nicht ausgewandert, er ist geflohen. Es wusste doch jeder, dass Opa ein korrupter Beamter war, der mit den Nazis kollaboriert hat. Wäre er nicht raus aus Kopenhagen, hätten sie ihn bestimmt an der nächsten Laterne aufgehängt. «

»Das spielt doch jetzt alles keine Rolle mehr. Was willst du Mathilda?«

»Ich will alles!«

»Wie, du willst alles?«

»Ich will das Geld, die Immobilien, die Wertanlagen. Einfach alles.«

»Du Miststück, zuerst hältst du mir eine Moralpredigt und jetzt willst du das Geld selbst? Ich bereue den Tag, an dem ich dich gezeugt habe!«

»Spar dir die Luft. Entweder du gibst mir alles oder die Medien kriegen alle Informationen, die sie brauchen, um dich fertigzumachen. Wenn du mitspielst, hast du vielleicht noch die Möglichkeit ohne einen Richter und Gefängnis davonzukommen. Und ach ja, deine Ämter legst du mit sofortiger Wirkung nieder.«

Gottfried starrt Mathilda erschüttert an.

»Warum? Was habe ich dir getan, dass du mich so sehr hasst?«

»Du hast diese ganze Familie für dich und deinen Stolz geopfert. Mutter ist zugrunde gegangen wegen dir. Du warst nicht mal da als sie starb. Egal was ich dir antun könnte, es wäre immer noch zu gut für dich.«

Damit geht sie aus dem Zimmer, dreht sich aber davor noch einmal kurz um.

»Behalt diese Abschrift. Ich habe genügend davon. Spätestens übermorgen will ich in der Zeitung von deinem Rücktritt lesen und nächste Woche gehst du auf die Bank und zum Notar und überschreibst mir alles.«

»Warte noch! Was ist mit Marcus? Hängt er auch mit in der Sache drin?«

»Das mit Marcus tut mir leid, aber er war ein Hindernis. Gut, dass du mich daran erinnerst, streich ihn aus dem Testament.«

Sie geht, Gottfried bleibt.

Kapitel 18

Aron winkt Isabell hinterher, als sie die Einfahrt in seinem Auto verlässt. Zu gerne würde er wissen, was Erik bei Marcus erreicht hat. Wie schön wäre es, einfach die Türe aufzumachen und keinen wütenden Psychopathen in dem Haus anzutreffen.

Und tatsächlich: Er trifft Mathilda in der Küche und als er nach Marcus fragt, zuckt sie mit den Achseln.

»Ich weiß auch nicht, wo er ist, er wollte kurz einen Spaziergang machen.«

Gott sei Dank! Mit etwas Glück kommt dieser Mensch nie wieder. Aron macht sich die größten Hoffnungen auf ein baldiges Ende dieses ganzen Albtraums, doch Mathilda macht alle Hoffnungen zunichte.

»Marcus bräuchte am Nachmittag deinen Wagen. Ich hab ihm gesagt, er kann ihn sich leihen.«

»Wozu braucht er mein Auto?«

»Er sagte, er wollte ein bisschen ins Umland fahren. Ich weiß auch nicht, was genau er so treibt. Aber wenn er das Auto will, dann soll er es haben.«

»Das geht nicht. Ich habe es Isabell gegeben, um damit Erik abzuholen.«

» Du hast was?«

Mathilda wird kreidebleich und muss sich auf einen Stuhl setzen.

»Mathilda was ist mit dir?«

Aron bekommt es richtig mit der Angst zu tun, wenn er sie so sieht. Doch Mathilda gewinnt die Beherrschung so schnell wieder, wie sie sie verloren hat.

»Nichts, ich muss schnell los.«

Damit steht sie auch schon auf und geht schnellen Schrittes aus dem Zimmer.

Kapitel 19

Vierter Rückblick Stockholm

Mathilda ist zufrieden. Gottfried ist von allen Posten zurückgetreten und alles, ja wirklich alles ist auf ihren Namen überschrieben. Sie hat gewonnen. Sie hat ihrem Vater nichts mehr gelassen als seinem nackten Leben. Doch der Gedanke, dass er sich bis an das Ende seines mickrigen Lebens grämt und leidet, bereitet ihr die größte Freude.

Zumindest bis sie in das Arbeitszimmer des Vaters oder besser ihr neues Arbeitszimmer kommt und das Licht anmacht.

Dort hängt Gottfried, ein umgestürzter Stuhl zu seinen Füßen.

Das Gesicht ist zu einer Todesfratze verzerrt und die Haut bläulich angelaufen.

Fast empfindet sie so etwas wie Respekt für ihn. Sie hätte nicht gedacht, dass er für einen solchen Schritt den Mumm in den Knochen hat.

Sie rückt den schweren Ohrensessel in die richtige Position, setzt sich und beobachtet ihren Vater mit versteinerter Miene.

Forschend horcht sie in sich hinein.

Ist sie traurig? Nein!

Hat sie Schuldgefühle? Nein!

Bereut sie etwas? Nein!

Fühlt sie überhaupt etwas?

Ja! Tiefe Befriedigung.

Nach einiger Zeit steht sie wieder auf und geht zu ihm hinüber. Sie berührt die kalte Hand, leblos hängt sie an der Seite herab. Sie fühlt sich an wie kaltes Wachs und sie muss schmunzeln. So nahe waren sie und Gottfried sich seit Jahren schon nicht mehr.

Dann entdeckt sie den kleinen Umschlag auf seinem Arbeitstisch.

Natürlich, der große Politiker würde nicht abtreten ohne vorher noch einmal das Wort zu ergreifen.

Sie liest und findet nicht wirklich etwas Überraschendes. Das ewig gleiche Gejammer, wie sie es schon zu seinen Lebzeiten von ihm gewohnt war. Er beschuldigt sie, er verflucht sie. Beteuert alles nur aus besten Absichten getan zu haben. Seine Gründe sind penibel aufgeschrieben und ausformuliert, aber im Endeffekt konnte er es einfach nicht ertragen, ein Leben ohne Politik und Stellung fristen zu müssen.

Kein Wort der Reue. Dann muss sie eine Stelle noch einmal lesen:

»Mathilda, du bist immer noch meine Tochter, daher hoffe ich, du findest irgendwann die Kraft, dir selbst zu verzeihen.«

Fast hätte sie lachen müssen. Keine Sorge Vater. Es gibt nichts, was ich mir verzeihen müsste. Der letzte Satz beschert ihr dann doch noch ein ungutes Gefühl:

»Dir gehört jetzt alles. Aber es wird nicht von Dauer sein. Ich habe Marcus geschrieben. Er weiß über alles Bescheid.«

Kapitel 20

Mathilda ist immer noch nicht nach Hause gekommen, als es an der Türe läutet. Aron macht auf und wieder einmal blickt er in das fremde und doch vertraute Gesicht von Marcus.

»Wir müssen reden Aron. Es ist wichtig.«

»Ich bin es sowas von Leid mit dir zu reden. Ich dachte Erik hätte dir die Lage klar gemacht. Hast du es nicht begriffen, du bist hier nicht erwünscht.«

»Aron ich weiß, dass du nicht auf meiner Seite stehst. Gib mir aber nur drei Minuten deiner Zeit und ich werde dir alles erklären.«

Widerwillig lässt er den verhassten Zwillingsbruder hinein, macht jedoch keine Anstalten ihn weiter in das Haus hineinzulassen als in den Eingangsbereich.

»Warum wolltest du mein Auto?«

»Darüber wollte ich mit dir reden. Ich muss zu einem Anwalt fahren und dort ein Schriftstück hinterlegen.«

»Was für ein Schriftstück?«

»Den Abschiedsbrief meines Vaters.«

»Was hat das alles mit einem Anwalt und vor allem mit mir zu tun?«

»Ich muss den Brief in Sicherheit bringen, bevor mir etwas geschieht. Ich denke Mathilda verliert langsam die Geduld. Ich bin nicht sicher, solange ich bei euch bin.«

»Was redest du da schon wieder für einen Scheiß, Marcus? Verschwinde einfach!«

»Ich kann nicht. Zuerst muss Mathilda bezahlen. Das bin ich ihnen schuldig.«

»Wem?«

»Den Deportierten und ihren Familien.«

»Ich habe es so satt, dass du ständig in Rätseln sprichst. Sag endlich was los ist!«

»Unser ganzes Familienvermögen wurde in den 40er Jahren von unserem Großvater zusammengestohlen. Er war gebürtiger Däne und arbeitete hier in Kopenhagen mit den Nazis zusammen. Er war in der Verwaltung beschäftigt und hat sich die Taschen vollgestopft, während tausende von Menschen von den Nazis verschleppt und umgebracht wurden. Bei jedem einzelnen Juden, Kommunisten oder Pechvogel, den die Nazis weggebracht haben, hat Großvater mitverdient. Nach dem Krieg musste er natürlich fliehen und kam in Stockholm unter. Seine Taschen voller Geld, Wertpapieren und Besitzurkunden. Unser Vater wusste, woher das ganze Geld unserer Familie kam und hat es verschwiegen. Du weißt ja bestimmt, dass er ein machthungriges Arschloch war. Er baute seine ganze Karriere mithilfe von diesem Geld auf. Alles musste sich unserem Vater und seiner Partei unterordnen, selbst als unsere Mutter krank wurde, war es Vater mehr oder weniger egal. Sie musste lange leiden, bevor sie sterben durfte und Vater hatte sie nur ein paar Mal am Krankenbett besucht. Der ewige Wahlkampf war wichtiger. Mathilda hat ihm das nie verziehen und als wir entdeckten, was es mit unserem Wohlstand auf sich hatte, schritt sie zur Tat. Sie war so zerfressen von Rache und Hass, dass ich sie nicht wiedererkannte. Ich wollte sie aufhalten, doch sie legte mich rein und ich wanderte wegen einem inszenierten Drogenvergehen in den Knast. Ohne mich war keiner da, der sie hätte einschränken können. Sie erpresste Vater, er musste alle Ämter aufgeben und den ganzen Familienbesitz auf sie überschreiben. Hätte er es nicht getan, hätte sie den Medien alles offenbart. Der daraus entstehende Gesichtsverlust wäre schlimmer für meinen Vater gewesen als alles andere. Die ganze

Situation war am Ende doch zu viel für ihn. Er hat sich umgebracht, während ich im Gefängnis war.«

»Marcus, was zur Hölle erzählst du mir hier?«

»Nichts als die Wahrheit. Vater hat mir alles in einem Brief erzählt, bevor er sich aufgehängt hat. Ich kann dir alles beweisen.«

»Und selbst wenn, was willst du jetzt von mir?«

»Ich werde diesen Brief benutzen, um Mathilda alles wieder wegzunehmen. Das Geld gehört in die Hände der Familien, denen es einst gestohlen wurde. Großvater war ein korrupter Menschenhändler und Vater ein unmoralisches Arschloch. Der Tod unserer Mutter hat Mathilda verändert, jetzt ist sie nicht besser als diese beiden Monster. Ich werde sie vor Gericht bringen und meinen Namen reinwaschen. Du machst mir den Eindruck eines anständigen Mannes, Aron. Du solltest nicht in diese Sache mit hineingezogen werden. Mach dich aus dem Staub.«

»Ach ja, und du bist jetzt der Gute hier? Soweit ich es weiß, hast du versucht Mathilda umzubringen. Wie passt das zusammen?«

Doch bevor Marcus antworten kann, wird die Tür heftig aufgestoßen.

»Wo ist er?«

Erik steht im Türrahmen und brüllt aus Leibeskräften. Er sieht furchtbar aus. Tränen laufen ihm die Wangen hinab und der riesige Baum von einem Mann wird von Schluchzern erschüttert.

Dann entdeckt er Marcus und geht mit wuchtigen Schritten auf ihn zu. Aron stellt sich Erik in den Weg und breitet besänftigend die Hände aus.

»Erik beruhig dich! Was ist passiert?«

»Was passiert ist? Dieser Kerl hat Isabell umgebracht!«

Marcus Augen weiten sich vor Schreck.

»Ich habe niemanden umgebracht!«

»Lügner! Du hast mir gedroht und jetzt ist sie tot.«

Aron packt Erik bei den Schultern und sieht ihm eindringlich in die Augen. Noch nie hat er einen Menschen so erschüttert gesehen.

Langsam spricht Aron jetzt, fast beschwörend.

»Was ist passiert, Erik?«

»Isabell hatte einen Unfall mit deinem Auto. Ich war gerade im Rigshospitalet. Die Ärzte konnten nichts mehr für sie tun.«

»Oh mein Gott. Isabell? Es tut mir ja so leid.«

»Spar dir dein Mitleid und lass mich zu diesem feigen Mörder, dass ich ihm das Genick brechen kann!«

»Ich verstehe nicht, es war doch ein Unfall? Was hat Marcus damit zu tun?«

»Die Bullen haben mir im Krankenhaus merkwürdige Fragen gestellt und irgendwann haben sie dann mit der Sprache rausgerückt. Jemand hat anscheinend bei deinem Auto die Bremsschläuche manipuliert. Anfangs haben die Bremsen noch funktioniert und dann haben sie einfach versagt. Sie ist mit 60 km/h frontal in eine Mauer gefahren, es ist ein Wunder, dass sie es noch lebend ins Krankenhaus geschafft hat. Du hättest ihren Köper sehen sollen, ihr Körper...«

Seine Stimme versagt und er vergräbt das Gesicht in den Händen, schluchzt wieder laut auf. Plötzlich bäumt er sich jedoch zu voller Größe auf und hält eine Waffe in der Hand.

»Du miese Ratte hast mir meine Frau genommen!«

»Erik! Komm zu dir. Marcus hat damit nichts zu tun!«

»Halt die Fresse. Das ist alles deine Schuld Aron! Nur wegen dir bin ich zu diesem Psychopathen gegangen und jetzt ist Isabell tot!«

Aron will nach der Waffe greifen, die direkt auf Marcus zielt. Erik ist schneller, einmal zumindest, holt mit der Waffe aus und schlägt sie Aron mitten ins Gesicht. Dieser geht mit blutender Nase zu Boden, während Marcus vor Entsetzten aufschreit.

Dann hört Aron zwei Schüsse. Marcus geht zu Boden und kurz hört man nur sein Röcheln. Dann ein dritter Schuss und das Röcheln erstirbt.

Aron blickt zu Mathildas totem Bruder hinüber, während Erik langsam an der Wand hinab gleitet und das Gesicht in den Händen vergräbt.

Überall ist Blut, Erik weint und Aron blickt wie in Schock nur auf die Leiche.

Alles, woran er denken kann, ist, dass es nur einen anderen Menschen gibt, der wollte, dass Marcus mit dem Auto fährt und nicht Isabell.

Mathilda kommt kurz danach zur Haustür herein, bleibt stehen, beugt sich ohne ein Wort über ihren Bruder und ruft dann die Polizei.

Kapitel 21

Letzter Rückblick Stockholm

Marcus ist seit drei Stunden in *ihrem* Haus und seit drei Stunden brüllen sich Schwester und Bruder an. Die Zeit im Gefängnis hat ihm nicht gut getan und er sieht schrecklich aus.

Mathilda wusste, dass es zu dieser Konfrontation kommen würde, doch mit dieser Heftigkeit hatte sie nicht gerechnet. Marcus war seit jeher eher der Ruhigere von ihnen beiden gewesen, was seinen Ausbruch nur einschüchternder machte.

»Du hast Vater auf dem Gewissen! Und mich hast du ins Gefängnis werfen lassen! Du bist krank Mathilda!«

»Und du bist schuld! Du bist schuld an allem. Du hättest zu mir halten müssen und nicht zu Vater!«

»Ich habe zu keinem gehalten und schon gar nicht zu Vater! Du hast mein Leben ruiniert und du hast Vater umgebracht!«

»Gottfried hat unser Leben schon vor langer Zeit ruiniert, wann begreifst du das endlich. Unser Leben war zerstört ab dem Zeitpunkt von Mutters Tod.«

»Mathilda! Sieh doch endlich, was du tust!«

»Ich tue hier das Richtige. Das, wofür du immer zu schwach warst.«

»Das Richtige? Du meinst, es ist das Richtige dieses Blutgeld zu behalten, nachdem du Vater in den Tod getrieben hast?«

»Das Geld gehört mir, ich habe es mir verdient!«

»Verdient? Du hast dir dieses Geld verdient? Es reicht Mathilda. Ich werde diese Farce hier und jetzt beenden. Ich habe Vaters Brief und damit gehe ich zu den Behörden.«

Marcus dreht sich um und geht auf die Zimmertür zu, doch plötzlich greift Mathilda nach einem Brieföffner und springt Marcus von hinten an. Sie rammt ihm die stumpfe Klinge brutal in das Schulterblatt und beide gehen zu Boden. Marcus ist der Stärkere, doch er blutet heftig. Immer wieder trifft sie ihn mit der Klinge und Marcus verfällt in blanke Panik. Er schlägt ihr zuerst den Öffner aus der Hand, dann mit der Kraft der Verzweiflung mitten ins Gesicht. Immer und immer wieder krachen seine Fäuste in ihr Gesicht. Ihr Kopf wird nach hinten gerissen und endlich gelingt es ihm, sich von ihrem Gewicht zu befreien. Mit einem erschütternden Brüllen rollt er sich nun auf sie und drückt mit beiden Händen ihre Kehle zu.

»Du hast alles zerstört! Alles!«

Immer wieder schreit er ihr diese Worte ins Gesicht, während er ihr die Luft abdrückt.

Leblos liegt sie auf dem Boden und ohne sich noch einmal umzudrehen, verlässt er mit hastigen Schritten das Haus. Das Blut seiner vermeintlich toten Schwester klebt an seinen Fingerknöcheln und er weint leise vor sich hin. Sein eigenes Blut läuft ihm den Rücken hinunter.

Wie hatte es nur so weit kommen können?

Als Mathilda hört, wie die Haustür ins Schloss schlägt, will sie die zugeschwollenen Augen öffnen und scheitert. Krächzend versucht sie Luft zu bekommen, doch Blut und Zahnsplitter im Mund sowie die gequetschte Luftröhre machen aus jedem Atemzug eine Qual. Es dauert gefühlte Stunden bis es ihr gelingt den Rettungswagen zu rufen. Während sie so auf dem Boden liegt und auf den Notarzt wartet, hat sie nur einen Gedanken:

Sie muss hier weg, so schnell und so weit weg wie möglich. Marcus wird es bestimmt wieder versuchen.

Kapitel 22

Marcus' Leichnam wurde mitgenommen, genauso wie Erik, der nun in Untersuchungshaft sitzt.

Die Spurensicherung ist abgeschlossen und der Tatort freigegeben. Zuvor waren Dutzende Menschen hier, doch nun sind alle weg, Aron und Mathilda sind allein.

Sie sollen von der Polizei befragt werden, aber erst morgen.

Der Hauseingang ist immer noch voller Blut, doch weder Aron noch Mathilda haben die Kraft es wegzuwischen.

Mathilda steht in ihrem Atelier vor dem großen, düsteren Bild und malt. Wieder betrachtet Aron sie von hinten und wieder hat sie ihn nicht bemerkt. Aron begreift nicht, wie sie jetzt auch nur ansatzweise ans Malen denken kann.

Zwei brennende Kerzen stehen neben ihr auf einem kleinen Tisch.

Aron hält es schließlich nicht mehr aus und sagt mit matter Stimme:

»Isabell ist gestorben. Sie hatte einen Unfall in meinem Auto.«

Langsam dreht sie sich um und mustert Aron genauso gnadenlos wie eines ihrer Werke.

»Ich weiß, die Polizei hat es mir erzählt.«

»Hat sie dir auch erzählt, dass die Bremsen manipuliert waren?«

Kein verräterisches Zeichen, keine Regung. Mathilda bleibt kalt.

»Marcus dachte, du wolltest ihn umbringen.«

»Und?« Eiskalt.

»Du wolltest, dass Marcus mit dem Auto fährt. Du warst das mit den Bremsen.«

»Warum sollte ich so etwas tun?«

Nun blickt sie Aron direkt in die Augen und sein ganzer Magen dreht sich um. Doch jetzt reicht es. Es ist genug. Er will nicht mehr belogen werden. Er will sich nicht mehr betrügen lassen und so nimmt er seinen ganzen Mut zusammen.

»Marcus hat mir alles erzählt. Die Sache mit deinem Großvater, deinem Vater, den Drogen und dem Selbstmord. Er sagte, er hätte Beweise, einen Brief.«

»Meinst du etwa diesen hier?«

Damit zieht sie ein mit Blut verschmiertes Kuvert hervor und lächelt Aron leicht an. Tatsächlich, sie lächelt und dieses Lächeln macht ihm mehr Angst als er beschreiben kann.

Mit offenem Mund sitzt er da und starrt Mathilda an.

»Zu schade, dass es Marcus nicht mehr geschafft hat, ihn in Sicherheit zu bringen.«

Mit diesen Worten hält sie den Brief über die Flamme einer der Kerzen und schon ist nichts mehr von ihm übrig.

»Also warst du es!«

»Was war ich?«

»Alles.«

»Ja, ich war alles. Ich habe meinen Bruder ins Gefängnis werfen lassen und meinen Vater in den Tod getrieben. Ich habe Isabell umgebracht, auch wenn es aus Versehen war.

Aron steht auf und deutet anklagend mit dem Zeigefinger auf sie.

»Du glaubst doch nicht ernsthaft damit durchzukommen, oder?«

»Und wer sollte mich aufhalten? Du? Es gibt nichts, was du tun kannst. Alle Dokumente von früher sind vernichtet und das letzte belastende Blatt Papier habe ich gerade verbrannt. Glaub mir, ich war sehr gründlich. An deinem Auto habe ich keine Spuren hinterlassen und Erik wird fest behaupten mein Bruder hätte ihn mit dem Tode bedroht. Marcus hat Isabell auf dem Gewissen und Erik Marcus. So einfach ist das. Es gibt nichts, rein gar nichts, was bedrohlich für mich wäre.«

Arons Gedanken rasen vor sich hin und dann sackt er innerlich in sich zusammen. Mathilda hat recht, es gibt nichts, was er machen kann.

Er gibt auf, er resigniert. Alle haben verloren: Erik, Marcus, Isabell und er. Mathilda gewinnt.

Langsam blickt er auf und sieht sie an.

»Und wie geht es jetzt weiter?«

»Wie soll es wohl weitergehen. Wir bringen Eriks Verurteilung und die Beerdigungen hinter uns und leben unser Leben weiter.«

»Das kann nicht dein Ernst sein! Du glaubst doch nicht ernsthaft, dass wir beide noch etwas haben, das uns verbindet.«

»O doch und wie ich das glaube. Aron, ich liebe dich und ich werde dich nicht verlieren. Du weißt, wozu ich in der Lage bin. Es würde mir keine Freude bereiten, dir wehtun zu müssen.«

»Mathilda du bist verrückt!«

»Ich bin, was ich sein muss. Und jetzt zieh dich bitte an, ich möchte Schlittschuhlaufen gehen.«

Danksagung

Dieses Buch ist über einen Zeitraum von mehreren Jahren entstanden, was daran liegt, dass oft viel Zeit zwischen dem Schreiben der einzelnen Geschichten vergangen ist. Viele Menschen haben mir während dieser Zeit geholfen und mich nach allen Kräften unterstützt.

Ein ganz besonderer Dank gilt hierbei Lars Smekal, der mir stets mit Rat und Tat zur Seite stand. Von der ersten Idee der ersten Kurzgeschichte hin bis zum letzten Feinschliff des Buches konnte ich mich immer auf ihn verlassen. Auch möchte ich meinem ehemaligen Lehrer Michael Plank für seine Unterstützung und Kritik danken. Nicht nur hat er mir stets viele Fehler verziehen, sondern sich auf stundenlange Diskussionen eingelassen, die mich stets motivierten. Ebenso geht ein herzlicher Dank an meinen Lektor Michael Reinelt, der diese Veröffentlichung erst möglich gemacht hat.

Über die Jahre hinweg hat eine Vielzahl an Menschen die Arbeit auf sich genommen, sich als Testleser zur Verfügung zu stellen. Ihre Kritik und ihre freundschaftliche Unterstützung haben mich oft inspiriert, auf Fehler hingewiesen und konstruktiv Kritik geübt, ohne die es nicht gegangen wäre. Daher danke ich auch ganz herzlich Klaus Reitmeier, Patrick Weißler, Elisabeth Pauthner, Astrid Gnoth, Sandra Pramsoler, Veronika Schmidtner und Tina Jackermeier.

Portrait:

Michael Höpfl studiert und lebt in Regensburg.

„Menschen, die vom Regen leben" ist seine

erste Sammlung von Kurzgeschichten.